W0305812

EINE LIEBHABERIN

Dorothea Zeemann

Eine Liebhaberin

Roman

Eichborn Verlag

CIP-Titelaufnahme der Deutschen Bibliothek

Zeemann, Dorothea:
Eine Liebhaberin : Roman / Dorothea Zeemann. –
Frankfurt am Main : Eichborn, 1989
ISBN 3-8218-0186-7

© Vito von Eichborn GmbH & Co. Verlag KG,
Frankfurt am Main, März 1989.
Umschlaggestaltung: Uwe Gruhle unter Verwendung
einer Zeichnung von Henri Schmid. Lektorat: Albert Sellner.
Gesamtherstellung: Fuldaer Verlagsanstalt GmbH.
ISBN 3-8218-0186-7.
Verlagsverzeichnis schickt gern:
Eichborn Verlag, Sachsenhäuser Landwehrweg 293,
D-6000 Frankfurt 70

1. Kapitel

In allen Großstädten gibt es Quartiere, Viertel, Wohnbezirke, die wie Dörfer sind, Häuser um eine Kirche, kleine Anlagen, Kastanien und Ahornbäume. Gemütliche Plätze. An einem solchen Platz in Wien stand unser gemütliches Haus aus dem Spät-Biedermeier. Im Hinterhof Beete und Sträucher. Nach einer Reihe von Fehlgeburten kam ich zu früh auf die Welt. Die Sonne lachte, und die Mutter lachte. Ich lag als Baby zwischen dem zärtlichen Paar. Sigmund Freud hätten die Umstände dieser frühen Kindheit entzückt. Damals verteidigte er seine Erkenntnisse von der Wichtigkeit des Leibeslebens gegen die Verlogenheit der Sitte.

Ich weiß nicht, wie es kommt, daß ich mich so genau zu erinnern glaube an die Glätte und den Geruch der weichen Leinwand des Bettzeugs, an die Leiber der Eltern und an ihr Behagen. Ich erinnere mich der Predigten von der Kanzel, die gedankenloses Glück madig machten, verwarfen, und mir wurde bald deutlich, daß sich die Eltern zur Hölle hinarbeiteten. Nachts waren sie ein Leib, und tags darauf stritten sie. Mutter sang gerne und laut, und Vater hielt sich die Ohren zu. Er trug im Bett eine Unterhose zum haarigen Oberkörper und beim Zeitungslesen einen Hut auf dem kahlen Kopf. Mutter stets Gold um den Hals und ums Handgelenk, ein blumiges Hemd und reichlich Haar, dessen Farbe wechselte. Es roch frisch und sauber in der gemütlichen Wohnung, hinter grünen Jalousien, und das einzig Traurige war die Toteninsel an der Wand. Da sah ich dann in meinen Träumen Vater und Mutter bis zum Nabel in den Flammen des Fegefeuers heulen und mit den Zähnen klappern.

Als Vierjähriger mußte man mir den Blinddarm herausschneiden. Ich fieberte in den Armen eines eleganten Onkels, der mich in eine sanfte Kamelhaardecke gehüllt zu seinem Auto trug und ins Spital brachte. Noch heute sehe ich in Träumen das helle Beige der Decke und die goldbraunen Haare des Onkels. Diese freundliche Erscheinung wird durch die Erinnerung an den dunklen Arzt abgelöst. Im Nebel der Narkose roch ich eine andere Seife, und beim Erwachen sah ich die behaarte Brust unter dem geöffneten Ärztekittel. Mit seinem behaarten Handrücken verband er mich wieder und wieder und zog schließlich die Fäden aus der Wunde. Wie geht's dem Kind? Ich zitterte beim Timbre dieser Stimme, und doch hüllte es mich ein. Ich war schon zu groß, um aus der Flasche zu trinken oder auf dem Topf zu sitzen. Das behauptete die Krankenschwester, und ich begann prompt, mich dafür zu schämen. Ich saugte die Milch aus der Flasche, weil ich, wie heute immer noch, die Milchhaut grauslich fand. Durch das Mundstück gingen die Hautfetzen nicht; wenn ich am Lutscher saugte, war ich davor sicher. Vor dem Doktor schämte ich mich. Scham und Lust: Ist beides gleichen Ursprungs?

In unserem bürgerlichen Haus war es von Bedeutung, in der Beletage zu wohnen. Darunter und darüber setzten sich die Mieter sozial ab. Im Parterre hauste die Kohlenhändler-Familie mit der gleichaltrigen Mina. In deren Wohnung gab es kein Parkett und keine Teppiche, nur gestrichene Buchenmöbel auf einem Holzboden und viele Zierpölsterchen und Deckchen. Unsere Möbel waren aus Hartholz und brunoliert, und unsere Teppiche mit floralen Motiven ornamentiert, Jugendstil. Meine Mutter arbeitete als Modezeichnerin und Modell, sie entwarf und nähte Kleider, die ihr gefielen.

Den sozialen Unterschied zwischen meinem und Minas Bewußtsein spürte ich auf meiner Haut, in Wut und Zärtlichkeit beim Abtasten, als hätte sie Schuld an ihrer Häßlichkeit. Sie benahm sich abwechselnd unterwürfig und aufsässig. Ich schlug sie auf dem Klo mit der flachen Hand auf den Hintern, als ich plötzlich daran denken mußte, daß sie von Mina als Mina selbst nichts wußte. Ich wußte von mir ein wenig mehr.

Wir standen nackt vor dem Spiegel, und ich sah den Unterschied zwischen mir und Mina. Ob ich den auch gesehen hätte, wenn Mutter nicht immer das arme häßliche Minerl bedauert hätte?

Ich hatte es gern, wenn sie meine Arschbacken spreizte und mir in den Hintern sah. Sie nahm es mir übel, daß ich nicht dasselbe bei ihr tat. Ohne Hosen stellten wir uns in den Tümpel voll Ungeziefer und Gesumm, mit Algen überzogen und voll von Schlingpflanzen und glitschigem Getier und Fliegen. Wir genossen Höllenangst und Grusel. Genußvoll und leidend steckten wir uns die Finger in die Ärsche. Nachts marterten uns die Gelsenstiche. Wie waren wir auf diese subtilen Genüsse gekommen?

Ich erzählte Mina, was ich loswerden mußte. Ich zog sie dabei an den Zöpfen, biß sie in den Unterarm und nannte sie eine blöde Kuh. Sie pflegte sich zu bedanken: Auf den Busen hau mich! Du hast ja keinen, sagte ich. Sie hockte sich dann aufs Kinderbett: Da lag ihr kleiner Bruder, den sie auf den Zipfel küßte. Ich schämte mich und hätte gerne gewußt warum. Es war mir peinlich, als das kleine Ding sich härtete.

In die Nachbarschaft zog die reiche Familie eines k.u.k. Offiziers, mit einem lungenkranken Zwölfjährigen. Pauli hieß er, und ich spielte mit ihm Domino. Er legte mit der linken Hand die Steine, und mit der rechten grabbelte er zwischen meinen Beinen. Die grünseidene Tischdecke verbarg dieses Vergnügen. Ein einseitiges. Seine Hose blieb verschlossen und meine Neugierde ungestillt. Er sagte, eigentlich sei es verboten, und so erzählte ich alles dem Katecheten in der Beichte. Der wollte sehr genau wissen, was der Knabe machte, und wo. Darauf nahm er mich in die Sakristei und zeigte mir, was er selbst in der Hose hatte. Ich war darüber sehr erschrocken und berichtete der Mutter, daß er krank sein müsse und ein großes blaurotes Geschwür mit sich herumtrage. Die Mutter machte ein Geschrei in der sozialdemokratischen Parteizentrale. So war das damals: Ich kam in eine andere Schule. Bei aller Neugierde hatte ich Angst, diese Ereignisse, die mich in lüsterner Spannung hielten, geklärt zu wissen. Ich wollte Geheimnisse im Leben, und es freute mich, daß ich von nun an geheim zu Pauli gehen mußte. Je angenehmer mir diese kosende Knabenhand wurde, desto besser fand ich, daß auch die Mutter nichts mehr davon erfuhr. Sie arbeitete jetzt täglich stundenlang ehrenamtlich im Volksheim, und mich hütete eine Kinderfrau, die für mich keine Zeit hatte, wenn Großvater zu Besuch war. Der Großvater kam ihretwegen, und deshalb gab es Geschrei. Das gehörte mit zu den zehn Verboten, die man Gebote nennt. Du sollst deinen Großvater nicht in Versuchung führen und alleine lassen mit Frau Anna. Mir aber war es zuwider, dabei zu sein, wenn ihnen die Köpfe platzten. Sie tranken Rotwein aus dem Burgenland, die Anna stammte aus dem Burgenland. Sie war Kroatin und verdingte sich immer wieder als Amme. Sooft sie es auch aufgab zu stillen, sie bekam wieder ein Kind, und dann tat's ihr leid, die Gelegenheit, Geld bei feinen Leuten zu verdienen, ungenützt vorübergehen zu lassen. Mit genüßlichem Grausen schaute ich mir ihre große weiße Brust an, wenn Großvater sie tätschelte, aber dann zwang mich etwas, die beiden allein zu lassen. Bei Pauli dachte ich an die geäderten Hände des Alten, dessen Finger um die große Warze kreisten. Daran dachte ich, wenn Pauli mich streichelte.

Ich war fünf Jahre alt, als der Vater in den Krieg mußte. Er fand ihn überflüssig, darin gab er Mutter recht, aber er hätte es nie laut gesagt. Ein Kaiser mußte sein, wenn er ihm auch den Kummer über den Tod des Kronprinzen gönnte.

Vater war kein Intellektueller, der es trotzdem zustande gebracht hätte, Kameradschaft romantisch zu finden und das Vaterland mit der Waffe zu verteidigen. Er haßte Kumpanei, und die Nation war ihm gleichgültig. Er fühlte sich als Ungar. Die Uniform stand ihm gut, und das versöhnte Mutter. Die Sachen rochen auf eine aufregende Art schlecht, wenn er sie zu Hause auszog. Er diente im Train, das heißt in der Truppenversorgung, was der Mutter gefiel, weil manches dabei abfiel, Alkohol, Zucker und Würste. Aber was war das schon, während Helden ihr Leben riskierten? Die meisten Mannsbilder waren jetzt stolz darauf, mit Waffen zu kämpfen, und hofften auf den Zufall, daß es gerade sie nicht treffen würde.

Der Krieg dauerte an, und mein Vater fiel, als die Etappe überrannt wurde. Przemysl fiel. Ich weinte. Erst jetzt erfuhr ich, daß der Vater nicht mein Vater war, daß der richtige gemein gewesen und verschwunden war und ich selbst ein uneheliches Kind. Jetzt erst verstand ich das besorgte pädagogische Interesse des Herrn Katecheten. Für die Pfaffen sind wir keine ordentlichen Leute, versuchte mir die Mutter zu erklären. Nun, ich mochte den Katecheten, weil ich schon in der ersten Schulklasse merkte, daß ich ihn aufreizte. Er nannte mich ein kokettes Kind.

Vater oder nicht, ich dachte an ihn. Daß er

jetzt eine Leiche war, und noch dazu eine zerfetzte, wie ein Kamerad beim Totenschmaus zu berichten wußte, jagte mir Schauer über den Leib. Ich weigerte mich, den Tod, in den jetzt so viele gingen, als etwas Endgültiges zu begreifen. Unheimlich, aber doch auch aufregend: ein Geheimnis. Gruseln und Neugier. Ich war sieben Jahre alt.

2. Kapitel

Trotz Pauli und des geistlichen Herrn hatte ich lange keine Vorstellung vom Geschlechtlichen und seiner Funktion. Ich liebte die Rätsel. Viel freie Zeit verbrachte ich in den Bänken der Kirche. Weihrauch in der Nase, träumte ich mich in die Bilder des Kreuzwegs hinein. Ich trug das Kreuz und ließ mich ans Kreuz schlagen. Es war wichtig, daß das Volk zusah, daß alle Wesen im Weltall mich leiden sahen. Denn Gott gibt es nicht, sagte Mutter, er ist nur ein Herrschaftsinstrument, und der Großvater holte meine Hand unter der Decke hervor und sagte: Gott sieht alles. Das wieder war ein wunderbares Gefühl, daß es einen gab, der unter die Decke sah.

Ich hob mein Hemd vor Mina und war böse, wenn sie das ihre hob. Ich wollte gesehen werden, aber nicht sehen, und ich schlug Mina, wenn sie mir zwischen die Beine griff. Sie wollte mich unbedingt zwischen ihre Beine sehen lassen. Das waren die Dinge, die der Katechet in der Beichte wissen wollte, und ich sagte ihm, was er wissen wollte, und erfuhr, daß dort ein Kitzler war. Das war ein Wort, das mir unanständig vorkam und mich empörte. Es klang ordinär. Entsage dem bösen Geist, verlangte der Katechet und machte mich noch neugieriger auf den Teufel. Auch der Teufel, sagte die Mutter, ist ein Machtinstrument. Laß dir nicht drohen!

Überflüssig, Mina zu fragen, was sie dazu meinte, aber das Wort Instrument brachte uns dazu, auf Stecken zu reiten. Wie die Hexen, sagte Mina, und so lernte ich auch dieses Wort kennen.

Wie ein Engel sieht sie aus, sagten die Nachbarn, wenn ich mit Mutter über die sonnigen Stiegen zwischen den blitzenden Messingstangen ins Vorhaus ging: Wie ein Engel mit ihren rosigen Bäckchen, wie modelliert, wie das Kind am Arm der Madonna. Engel gibt es nicht, sagte die Mutter. Ob nun die Mutter recht hatte oder der Katechet, ich schrieb sauber und bedächtig alle Sünden auf meinen Beichtzettel, den ich im Dämmern des Stuhls langsam und bedächtig mit Verfasserstolz herunterlas. Im Dunkel zu knien und einer Autorität zu lauschen, ein Skapulier zu küssen, absolve te! Was für ein Vorgang! Was daran konnte Lüge sein, doch wahrlich nicht, daß es mich schwindlig machte! Mir drehte sich alles, ich wurde aufgefangen und in der Sakristei gebettet. Das war schön und wahr. Und auch, daß Mutter mit den Flügeln schlug, gehörte dazu.

Mir wurde allmählich die Haut zu eng. Wir beobachteten die Rundung unserer Brüste, und ich wunderte mich sehr, als ich Minas spitze Zunge an meiner Warze spürte. Ich schloß die Augen und sagte: Küß mich. Sie aber biß lieber und zog an meinen Haaren. Das tat ich dann auch. Ältere Mädchen verbrachten schon das zweite oder dritte Jahr in unserer Schulklasse. Sie konnten ihren großen Zeh in den Mund nehmen, die Dickeren nahmen den Zeh der Freundin in den Mund. Sie lutschten an ihren Zehen, aber das war kein gutes Spiel für mich. Die Schulklasse, die Turnstunde, Bänke und Katheder waren Höllen, die Kirche mit Altar, Weihrauch und Musik der Himmel und alles Szene und Theater. Und ich dachte, so ist es!

Theater war wirklich und Szene überall: auch wenn Mutter an häßlichen Frauen schöne Kleider feststeckte. Himmel, Hölle, häßlich und schön! Was man bezeichnen kann, gibt es, und die Leute stellen sich darauf ein, die Armen! Mir gefällt alles, sagte ich zu Mina, aber mit ihr war nicht zu reden. Das irritierte mich.

Sie war ungeheuer stolz und aufgeblasen, als sie die erste Monatsblutung bekam, und ich fühlte mich benachteiligt und sehr unruhig. Von der Bauchdecke nach innen ging eine neue Nervosität. Ich wetzte auf dem Sessel an Mutters Schreibtisch, rieb mich an der gepolsterten Ecke und versuchte, auf der Lehne zu reiten. Da fiel mir der Radsattel ein, und ich radelte heimlich in die Hauptallee. Ich radelte mit rotem Kopf, bis ich mitsamt dem Rad auf dem Reitweg lag und über das schmierige dunkle Blut staunte, das mich bis zu den Knien beschmutzte. Ich blieb liegen, solange niemand kam, in einem glücklichen Außer-mir-Sein. Es beseelte mich, als ich mir die Bescherung näher besah und im feuchten Gras ausruhte: Ich war erwachsen, eine Frau, eine Menschheitsmutter, blutbesudelt, gebärmächtig! Aber das hatte noch Zeit. Zunächst radelte ich zurück auf meinen geschwollenen Schamlippen und fand es wunderbar.

Im dritten Stockwerk über uns wohnte eine Familie, Vater und Sohn hochgewachsen und sauber, eine imponierende deutsche Mutter – keine schillernde Halbwelt wie meine Leute, die ihren Alltag mit Wirtshaus und Theaterbesuchen auflockerten. Sooft der blonde Sohn, fünfundzwanzig, als ich fünfzehn war, über die Stiegen hinunterstürmte, beobachtete ich ihn durchs Guckloch, und das Herz schlug mir überall: in den Schläfen, im Hals, im Bauch. Der strahlend helle rosige Jüngling aus der dritten Etage, dem germanischen Schönheitsideal der deutschnationalen Österreicher entsprechend, wurde mein Traumbild – ich träumte vom nordischen Wikinger. Er war Schiläufer und Schwimmer – viele Menschen sahen in diesen Typen die Zukunft.

Beim sonntäglichen Corso waren die Studenten so fesch in Wichs. Einer der Gründe, warum ich in die Sonntagsmesse ging – ins feierliche Hochamt. Ich mochte die Inszenierungen von Soutane, Weihrauch, Uniform und Säbel. Es war schön, und angeblich bedeutete es auch etwas. Für mich war es klar, daß Monarchie schöner aussah als Republik. Die roten Fetzen, sagten die Frommen. Ich fand das Rot ganz schön, sah aber nicht ein, warum die bunten Fahnen jetzt nicht mehr gelten sollten. In Prozessionen und Aufmärschen war die Kirche zweifelsohne prunkvoller. »O-beinige Proleten«, befand man allgemein über die Roten.

Verlaß dich nicht darauf, einen Ehemann zu finden, predigte die Mutter, such dir eine Arbeit. Du könntest Modezeichnerin werden und mir helfen. Du hast Geschmack. Dasselbe oder Ähnliches wie Mutter wollte ich nicht machen. Heirat? Etwas ganz und gar Unwirkliches. Ich verband damit Fessel, Schlußpunkt, Gefängnis, totale Risikolosigkeit. Das Letzte, was mich reizen könnte. Die Welt und das Leben erschienen mir wie ein riesiges Lotteriespiel, in dem ich nicht Spielerin sein mochte, sondern Einsatz. Aber mein Warten war nicht verzweifelt, sondern voll Hoffnung auf pausenlose Wunder. Ich sah mich unter aufreizenden Mannsgestalten als umkämpfter Gewinn. Ich machte es dem chargierten Juristen im fünften Semester nicht schwer, mir nahe zu kommen. Ludwig, »Leitschi«, hatte eine olivfarbene Haut, grüne Augen und war ein italienischer Aristokrat mit einem ebenso aristokratischen Vater aus der Steiermark. Mir gefielen zunächst sein pechschwarzes Haar und seine wendige Figur. Mir gefiel auch sein Freund Joschi. Joschi war klein und zart und hatte kein Glück bei den Mädchen, galt aber bei den Kommilitonen als sehr gescheit. Er war der Schatten Leitschis, und ich ging mit beiden am Sonntag nach dem Hochamt in den Stadtpark. Ich ging lieber mit Männern als mit Mädchen, ich mochte die Männer, roch sie gern, und ich mochte mich auch, vor allem meinen Busen, die Haut, das knisternde Haar und meinen Geruch. Andere Mädchen langweilten mich, und sie stanken. Leitschi nahm sich vor, mich für seine Zwecke aufzuklären. Ich verwies es ihm: Ich fühlte lieber, als ich wußte. Er sah athletisch aus, roch gut, konnte reiten und Auto fahren. Er war ein Graf und sagte gleich, daß er mich nicht heiraten werde. Ich entjungfere dich, sagte er aufs äußerste erregt. Stimmlos. Da blieb auch mir die Stimme weg. Ich willigte ein. Es war mir schleierhaft. Ich hatte die geistlichen Geschlechtsteile des Beichtvaters nicht für solche gehalten – die einzigen, die ich je erigiert gesehen hatte. Von einer Vagina wollte ich nichts wissen, ich ahnte sie ungern. Was für Größenverhältnisse und was für eine Stocherei! Ich konnte nicht lachen, weil ich unbedingt etwas wollte und nicht wußte, was. Ich stieß ihn weg, spreizte meine Vulva und stieß die Zeigefinger zwischen die Schamlippen. Da kam er auf den Gedanken, mit der Zunge meinen Kitzler zu suchen. Ich strampelte und schrie schrill, und er hielt mir den Mund zu. Was war das? fragte ich erschöpft. Ich mache es dir noch einmal, sagte er. Ich hatte sein Glied in der Hand, und zum ersten Mal wurde mir klar, was ich schon ahnte. Daß und wie der Penis schwoll, machte mir Leitschi jetzt händisch deutlich und zeigte mir, wo er hingehörte.

Es tut ziemlich weh, seufzte ich erschreckt, aber nicht unfroh und küßte ihn. Ich spürte die Nässe und den Druck, wollte aber beides auskosten. Ich wollte nicht, daß er sich löste: Bleib bei mir, halt still, bleib drin, es tut auf eine angenehme Art ein bißchen weh. Du kannst dich jetzt nicht aus mir ziehen, beweg dich nur sacht, aber nicht gleich, drück nur ein bißchen – ich sagte es so leise, daß er mich nicht verstehen konnte, er sollte es fühlen wie ich selbst, aber es war wohl nicht der richtige Moment, es zu verlangen. Leitschi hatte die Augen geschlossen, er atmete wie nach einem Lauf, am Ziel. Weggetreten, fast bewußtlos sah ich ihn neben mir und fühlte eine traurige Zärtlichkeit, vermengt mit ein bißchen Ungeduld, weil es in mir, leer, noch zuckte. Wir schliefen dann fest umklammert. Als ich wach wurde, spürte ich seine harten und so zarten Rippen, leckte an seiner Haut, fuhr mit dem Zeigefinger die Wirbelsäule entlang und seufzte entzückt, als er mit offenem Mund und Zähnen sanft meine Brust zu fassen versuchte. Ich hielt bebend still. Können wir nicht die ganze Nacht so innig beisammenbleiben? Es ging nicht, war undenkbar. Warum eigentlich? Seine Eltern, meine Mutter... es war mir lieber, sie erfuhren es nicht.

Es sollte ein Geheimnis bleiben, kein aufregendes Gerede zwischen Leuten, die es nichts anging. Steh auf! Es bringt nichts, wenn Mutter uns so findet, sagtc ich leise in sein Ohr. Nein! schrie er und warf sich auf mich. Wir taten heimlich etwas Verbotenes – konnte es Schöneres geben?

Er war müde, als er leise wegschlich, und

vergaß, mich zu küssen. Ich hätte gerne einen schönen Filmkuß gehabt.

Kommst du morgen, wenn Mutter weg ist? Vielleicht, sagte er, und dann dauerte es eine Woche. So muß es sein, sagte er. So geht es nicht, sagte ich: Ich habe das Gefühl zu sterben! Eben, das ist es ja, sagte er: Du darfst dich nicht verlieben.

Du magst mich doch auch?

Nein, sagte er, darauf darf es nicht hinaus.

Du meinst, weil du ein Graf bist?

Nicht nur das. Ich will mich nicht binden – überhaupt nicht.

Ich will dich nur bei mir haben, ganz dicht, flüsterte ich und nestelte an ihm herum.

Daraus wird sehr leicht eine Gewohnheit.

Ich preßte seine Handflächen an meine Brüste. Gottseidank, ihm verging das Reden.

Es dauerte eine Woche, ehe Joschi kam, um mir von Leitschi auszurichten, daß es *aus* sei. Was soll das sein? Will er mich nicht mehr haben? Er hat Angst vor den Folgen.

Ach ja, ich auch. In den zwanziger Jahren gab es noch keine Pille, und ich wollte auf keinen Fall mit Freundinnen oder gar Müttern über das reden, was reine Wonne ist und nicht zerredet werden soll.

Warum nicht? fragte Mina, und ich wußte nicht, warum nicht. Es ist sinnlos. Ich dachte an keine Zukunft, und vor allem nicht an morgen. Ein Geheimnis ist ein Geheimnis, soll eines sein und bleiben, keinen Sinn und Inhalt haben.

Was soll Bindung bedeuten? Was konnte da *aus* sein? Wo ist Leitschi? Leitschi? Irgendwo ist ein Erbonkel verschieden!

Ich schrie laut nach Leitschi, und Joschi knöpfte mir das Kleid auf. Er tätschelte meinen Hals und meinen Nacken, küßte den Busen. Leitschi will, daß ich dich tröste. Ich wurde wahnsinnig vor Wut, ich wollte es nicht glauben. Joschi war viel kleiner als Leitschi und etwas kleiner als ich selbst. Ich riß ihn an mich und das Hemd über seinen Kopf. Ich biß Joschi in den Adamsapfel und strafte Leitschi, indem ich an Joschis Schwanz zerrte. Ohne Feingefühl spritzte er mir ins Gesicht, ich empfand das als Verlust und rollte mich auf den Rücken und rieb mich durch die Hose mit der ganzen Hand, bis ich mich schreiend bäumte.

Joschi sagte mir, daß ich ein Unikum sei und daß er jetzt gehen müsse. Ich komme aber wieder, sagte er, und er sagte auch, daß Leitschi ein Trottel wäre.

Ich sah mich als Salome auf der Opernbühne, mit Jochanaans Haupt in der Hand. Es war ein schwarzlockiger Südländer, den ich verbluten ließ. Die Erschütterung wurde erst zu einer, als ich Leitschi durch Joschi ersetzte, um nicht laut schreiend meine Verlassenheit anzubieten. Was denn soll ich jetzt machen, mit der Leere zwischen den Beinen?

Ich war noch keine sechzehn Jahre alt und stellte mir nichts anderes vor als ewig und hier und jetzt! Was daran konnte je *aus* sein? Ich schrie Joschi an: Wo ist Leitschi? Und Joschi sagte wieder: Irgendwo ist ein reicher Erbonkel gestorben.

Ich betete zur heiligen Jungfrau. Jeden Abend in der Maiandacht. Die Jungfrau, die ich war, war ich nicht mehr. Nichts davon, wenn ich barfuß auf dem Marmor stand und mich so hart auf die Stufen vor dem Altar fallen ließ, daß ich laut aufstöhnte. Es sollte weh tun, mich zerschmettern, vor Schmerz zerreißen. Ich wand mich vor dem Herrn in sichtbarer Reue – ich hatte Leitschi entkommen lassen, anstatt ihm Mutters Küchenmesser in den Leib zu rennen, ihm den Schwanz abzubeißen.

Dem Leitschi soll das Essen nicht schmecken, die Sonne ihm nicht scheinen ohne mich. Ich stahl Tulpen, band einen Strauß, legte ihn am Kirchenplatz auf den Rasen und stellte mir darunter Leitschis nackten Leib tot und begraben vor. Ich legte mich mit Joschi im Prater aufs Gras und schloß die Augen: Joschi, bitte schände mich.

Wie soll ich keusch sein, lieber Gott? Keusch? Das ist krampfhaftes Wegdenken oder stumpfer Zustand. Die Erinnerung kann nicht tot, stumpf oder leer sein. Die Erinnerung läßt mich nicht schlafen, qualvolle, köstliche Peinigung! Das tauscht sich doch nicht gegen gleichgültige Ruhe ein!

3. Kapitel

Aber es war nun so, daß ich Mutters dichte Nähe nicht mehr ertrug. Ich schlief mit ihr auf Vaters leerem Bett, im Ehebett, weil sie glaubte, ihren Paul vor mir geheimhalten zu müssen. Der bewohnte das Nebenzimmer in Untermiete, und vor der Türe stand ein Schrank. Er ging aufs Reinhard-Seminar und wollte Schauspieler werden, wozu er mir sehr geeignet erschien, denn er entsprach dem griechischen Jünglingsideal. Die Mutter verbrachte die halben Nächte bei ihm und hörte nicht nur seine Rollen ab, denn sie kam dampfend vor Zufriedenheit herüber, legte sich neben mich, verschränkte ihre dicken Arme hinter dem Lockenkopf und ließ ihren prallen Busen aus dem dekolletierten Nachthemd quellen. Dazu richtete sie ihre leicht basedowschen Augen gegen die Decke und träumte. Ihre feuchten Lippen blieben naiv offen. Es sah gut aus, wenn die starken Zähne aus den roten Lippen blitzten. Immer schimmerte alles feucht, Lippen, Ohrläppchen, unterm Kinn taute es, und alles roch nach warmer Milch. Sie rasierte nie ihre Achselhöhlen, und dort sah man, daß sie schwarzhaarig war. Überall anders wurde gebleicht und gefärbt: rötlich, zumeist rötlich, aber es wechselte.

Seit Leitschi mir die Augen geöffnet hatte, peinigte mich Mutters Körperlichkeit. Vorher hatte ich mich in ihre üppigen Wölbungen gekuschelt und war glücklich eingeschlafen. Ich wollte es nicht mehr so, und die Mutter schien es nicht zu vermissen. Vorher hatte mich ihr satter Atem vor Furcht bewahrt, jetzt vertrieb er meine regulierenden Träume, denn jetzt wußte ich, wie einem post coitum meist zumute ist, denn ich war regelmäßig mit Joschi zusammen, und ich wußte, was gemeint war, wenn ich sagen hörte: Sex hat nichts mit Liebe zu tun. Paul aber konnte sehr gut mit Liebe zu tun haben, ein Ansichtskartenknabe, ein Nibelungensiegfried – es lief zu dieser Zeit ein Nibelungenfilm in den Wiener Kinos. Pauls Typus war in Mode. Er war nicht feudal wie Leitschi, aber er ritt und focht, und auf der Bühne konnte er ein Ritter sein – natürlich kein Hamlet. Er kostete Mutters Geld und Zeit, aber ich konnte mir schon vorstellen, daß er sich lohnte.

Der kleine zartgliedrige Joschi war im sechsten Semester, tauchte überall auf und hing mir zärtlich an. Leise redeten wir von Leitschi. Joschis zärtliche Finger waren auf mir. Die Finger eines Intellektuellen. Er war es, der Leitschi durch die Prüfungen geholfen hatte.

Der paßt gar nicht zu dir, sagten die anderen. Ich hörte sie gar nicht an. Weder die Freundinnen noch die Mutter. Nur mit Olga ging ich am Donaukanal spazieren, weil ihre Mutter als Hure galt. Huren waren wohl alle, wenn man das Sexualverhalten mit einem Wort bezeichnen wollte. Jede tat alles um der Vorteile willen. Promiskuität und Treue gingen nach Bezahlung. Alte Leier das. Auch die Ehe ist ein Geschäft. Olgas Mutter war Zigeunerin, rauchte mehr und schminkte sich auch mehr als meine Mutter. Sie hatte noch dickere Lippen und nie ein schlechtes Gewissen.

Ich wohnte gerne in dem dreistöckigen Haus, das man um 1860 erbaut hatte, behäbig, mit einer breiten Einfahrt zu einem Innenhof mit Ahornbäumen und Gemüsebeeten. Blinkende Messingstangen gliederten das weite Stiegenhaus; viel Platz auf den Treppenabsätzen und kleine Skulpturen im Stil der Nazarener. Für diese Zeit sehr große Fenster. Es war ein helles Haus, und auch die Wohnungen waren licht, mit Ausnahme des dunklen Souterrains, in dem Minas Familie hauste. Ein gutbürgerliches Viertel, in dem aber noch keiner ein Auto besaß. Einige Pferde und ein Wagen. Die Kirche stand wie im Dorf als Mittelpunkt, als Sammelplatz. Neugotisch, mit Gras und Bäumen rundherum. Es kannten einander alle, wenn sie sich auch nicht grüßten, denn jeder stufte sich gesellschaftlich ein, und anders als im Dorf ließen sie einander nicht gelten, erwiesen sie einander keine Reverenz. Da war sich jeder zu gut dazu, und die Ärzte und die Anwälte und die Kaufleute und vor allem die Ingenieure hielten Abstand. Und erst recht die Kutscher und Chauffeure, die Beamten und die Gewerbetreibenden, die Schuster und die Schneider. Jeder hielt auf sich, und die ehemaligen Hoflieferanten hielten aufs Ehemalige. Ich grüßte zum Beispiel den schönen Germanen nicht, und auch Mina würde ich nicht grüßen, wenn wir nicht zusammen in die Schule gegangen wären. Sie stand als Kohlenhändlerstochter unter mir. Die Olga mit der Zigeunermutter grüßte ich, weil sie mir gefiel.

Die Zigeuner, die weißen wie die schwarzen, die Kärner und das ganze ziehende Volk waren natürlich auch Theater wie alles andere. Um die Inszenierung der Monarchie tat es auch den Leuten leid, die sie politisch verdammten. Immer ging es um den Prunk, den es nicht mehr gab. Deshalb verstanden es die Menschen im bürgerlichen Umkreis, daß die Katholiken und die Deutschnationalen paramilitärische Verbände aufzogen, daß Hakenkreuzler und Hahnenschwänzler in Uniform marschierten und auf den Praterwiesen exerzierten. Während auch der Republikanische Schutzbund seinen Pazifismus nicht länger glaubhaft machen konnte. Feindschaften, Fronten und Probleme! Verwirrend war das alles!

Auf dem Rasengitter vor der Kirche sitzend, habe ich Mutters Pelargonienfenster und gleichzeitig das gegenüberliegende Kaffeehaus im Auge. Es ist nämlich so, daß die Mutter oben in der Wohnung hinterm Vorhang steht und in die Eckloge unten im Kaffeehaus starrt, wo immerzu irgendein Paar schmust. Jetzt sind die Kaffeehausköchin und der Nervenarzt ein ineinander verkralltes Knäuel. Abend ist es und spät. Die dunkelrot gepolsterte Ecke wirkt auch am Tage einladend. Ich schaue jetzt immer wieder dorthin. Auch am Tage. Separées! In einer warmen Mondnacht schaue ich lange hin. Sie schmusen ... Schon wenn ich meine Lippen forme, um schmu sagen zu können, möchte ich warmes Fleisch dagegenpressen. Mein Gott! Diese Köchin Hermine ist nicht so ohne, sagt der Borschutty-Rudi und setzt sich neben mich. Ich bin eingeschüchtert, weil Männer mit Bart mich einschüchtern. Auch er, der stiernackige Nachbarssohn, dem ich nahekommen möchte, um keine Angst mehr vor ihm haben zu müssen. In dieser Mondnacht ist der Kerl parfümiert. Aber er hat andere Probleme. Kennst du den Reiter? Ich kenne keinen Reiter. Eigentlich heißt er Blum. Aha, sage ich, gehört habe ich den Namen schon. Ich meine den Nervenarzt, den Psychiater.

Ah den, nein; den kenne ich nicht. So einer schmust mit Hermine? Ist die nicht zu alt für ihn? So genau nimmt er es wohl nicht.

Keiner Frau gönne ich diese krampfhaften Umarmungen. Ich sehe über fünfzehn Meter Entfernung die großen weißen Blasen ihres Busens frei im Mondlicht. Er legt seine große Nase hinein, ich sehe eine verschwitzte Haarsträhne auf seiner Stirn kleben. Wein läßt er auffahren. Darf er denn das, bei seinem Beruf? Saufen? Ich glaub schon, daß er das darf. Er soll nur. Ich finde es richtig, daß er dasselbe spürt wie ich, denn die Kaffeehausköchin, vierzig Jahre alt, mit Kind in der Kost beim Hausmeister, gefällt mir. Schön, daß sie einen großen Mund hat, ganz breite Lippen über dem starken Gebiß, weit auseinanderstehende Augen, alles beängstigend überdimensioniert. Im Lampenschimmer wirkt sie auf mich wie eingeschmiert. Wie kommt das hinter der Scheibe zustande? Das Licht fällt von der Straße in die dunkle Loge, und von hinten aus dem Raum auch. Hermine glänzt immer, sagt Rudi verträumt. Der kleine breite Rudi ist recht männlich. Ich träume dem Wort männlich nach und beneide die Kaffeehausköchin, die ihren

Busen präsentiert. Weiß sie gar nicht, daß wir alles sehen? Ihre Kugeln gaukeln noch am nächsten Tag vor meinen Augen, als ich in den Nervenarzt hineinrenne. Wir kennen einander nicht. Ich renne gegen ihn – wohl nicht absichtlich. Er prellt mit den flachen Händen gegen meine Brüste, als ob sie Puffer wären. Ich weiß es. Ich will es auch so. Gut, ich fordere ihn heraus. Ja, gut. So beginnt etwas zunächst Lustiges. Ich bin neugierig.

Ich kannte ja keinen Mann. Leitschi und Joschi, das waren Studenten, Jünglinge, und die Priester, salbungsvoll in ihren Kutten, schieden ja von selber aus jeder Normalität aus. Aber Ärzte imponierten mir von jeher, und ihnen suchte ich zu gefallen. Sie rochen fremd und erwachsen. Ich provozierte ganz instinktiv, ihre Aufmerksamkeit forderte ich heraus, weil ich selber mich engagierte. Meine kecken Blicke wurden auch bemerkt. Bei Doktor Blum oder Reiter, wie er sich nannte, ging ich ganz bewußt zum Angriff über. Als wissenschaftlicher Seelenarzt, von Mutter aus Distanz voll respektiert, weckte er mein Interesse enorm. Das ärztliche Ethos war zwingender als das kirchliche Pathos. Ich hatte ihn lange aus der Ferne beobachtet. Er war nicht so schön wie Leitschi, dünn in den Haaren und weich am Bauch, wenn er ging. Er latschte unbekümmert um Figur und Haltung dahin. Keine Bügelfalten. Eine Aura von Pfefferminzmundwasser, wenn ich im Hausflur hinter ihm herging. Er schien gar nicht eitel zu sein, und auch die souveräne Art, in der er in die immerhin schon nicht mehr junge Hermine hineingegriffen hatte, beeindruckte mich sehr. Ich vermerkte das alles in einem Tagebuch und begann, ihn im Stiegenhaus und dann auch auf der Straße zu grüßen. Er nickte, ohne mich anzusehen. Ich nahm mir vor, ihn anzusprechen, und legte mir selber ein Gelübde ab, es nach der ersten guten Note in Mathematik zu tun. Dabei verging viel Zeit, und erst die mit Ach und Krach bestandene Matura machte mich vor mir selber würdig, ihn auf der Straße um einen Termin zu bitten. Ich wollte ihm einfach erzählen, daß nur einer wie er mich aus der Not befreien könne, aus dem Druck der Umwelt, aus der Abhängigkeit von Mutter. Vom Liebesleben meiner Mutter wollte ich mit ihm reden. Ich suchte ihn zufällig zu treffen. Mit einem Sliwowitz im Frühstückstee hatte ich mir Mut gemacht. Ich grüßte und sagte es ihm offen, frech und kokett.

Das Nestroy ist Ihr Stammcafé, laden Sie mich doch auf ein Frackerl ein.

Ist es möglich, alberte er, daß Sie schon erwachsen genug dazu sind?

Er nahm mich am Arm. Ich hielt das für einen Triumph, begnügte mich aber mit einer Limonade, weil sich dieses Treffen an einem Morgen abspielte. Ich liebe mich, sagte ich ihm, um ihn zu reizen.

Fragen Sie mich nach meinen Träumen, forderte ich.

Willst du einen Traum loswerden?

Ich bin über eine Stiege gerollt, so hoch wie ein Tempel der Azteken, ein Priester der Indianer hat mich mit beiden Armen aufgefangen und mir die Kehle durchgebissen.

Ein erfundener Traum!

Was macht das schon? Was man erfindet, gilt doch auch für einen Analytiker, um Schlüsse zu ziehen?

Du bist ein schlaues Kind.

Genau das wollte ich ihm vorspielen. Ich war entsetzlich unsicher und versuchte, Eindruck zu machen, und das gelang mir immer.

Ach, sagte ich, meine Mutter kann sich

keine Analyse leisten, und ich verdiene noch nichts.

Ich bin kein Kinderarzt.

Ich lachte nur. Ich hatte erreicht, daß wir beide aufgeregt waren. Ich dachte darüber nach, ob man mit einem Psychiater erst schlafen müsse, um die nötige Neutralität herauszustellen.

Zwischen uns kann da nichts laufen, sagte er. Hast du es schon mit vielen Männern gehabt?

Was glauben Sie?

Was ich glaube, kostet bereits Geld.

Ich zittere am ganzen Leib. Das muß er merken, und mir soll es recht sein, wenn er es merkt. Er verbockt sich. Ich spiele scheues, flüchtiges Wild und renne weg.

Ich fühlte genau, warum ich das alles machte, daß es immer Neugierde war, die mich antrieb. Da gab es einen Mann Mitte dreißig, der eine geachtete Position hatte, eine Ordination mit schweren eichenen Möbeln. Ich spürte die Gediegenheit, vom Erbe eines reichen Anwalts, seines Onkels, redete die Nachbarin. Ölbilder in breiten Rahmen, einen Waldmüller erkannte ich schon.

Ich wußte auch, daß sein Onkel im Südbahnhotel auf dem Semmering seinen Lebensabend verbrachte. Solid, das war ein Wort. Meine Mutter gebrauchte es oft, weil auch ihr Vater solid war, aber eben kein Glück hatte und deshalb trank.

Als wir wieder zusammen im Kaffeehaus saßen, da verriet er sich selbst mit der ersten Frage: Ist dieser Joseph dein Liebhaber?

Wieso? fragte ich. Wieso nennen Sie ihn diesen Joseph?

Und der Rudi Borschutty?

Der sicher nicht, sagte ich. Dann lachten wir beide, und ich wußte, daß er, den ich bereits bei mir Viktor nannte, mich und meine Situation einzuschätzen wußte. Ich spürte das erste Gefühl der Geborgenheit, bei einem Mann, dem sozusagen berufsmäßig nichts Menschliches fremd sein durfte.

Ich bin nicht glücklich, sagte ich, und das stimmte auch. Sie könnten mir helfen. Er sagte nichts, und ich fügte hinzu: besser, als mir ein Beichtvater helfen könnte. Ich will aus der Kirche austreten.

Laß das, Mädchen, sagte er, aber ich will heute abend mit dir ins Kino gehen.

Abgemacht.

Ich weiß, daß ich ihm noch viel weiter entgegenkommen muß. Er hat sein Berufsethos und ich die große Jugend, wie er sich ausdrückt. Ich brauche einen Vater und hasse meine Mutter. Darauf beißt er nicht an. Wir gehen ins Kino und schmiegen uns aneinander, aber nur beiläufig und zart. Ich erzähle ihm, daß ich nach Leitschi nie mehr jemanden lieben möchte, und darauf sagt er nichts. Ich sage ihm, daß er mich an meinen sogenannten Vater erinnert, weil winzige schwarze Kringel auf seinem Kinn wachsen, wenn er sich einen Tag nicht rasiert. Ich will darüberstreichen, tue es aber nicht.

Ich tat es nicht, weil ich wußte, daß Viktor keine Episode in meinem Leben sein durfte. Da war mehr drin. Ich zog mit Joschi an seinem Ordinationszimmer vorbei. Das ließ sich kaum vermeiden, aber ich wußte auch, daß sich alles richtig entwickeln würde. Viktor plante einen Urlaub und schlug mir vor, mit ihm zu verreisen.

Du verluderst ohnehin. Du hast keinen roten Faden in deinem Hirn und bist ohne richtiges Ziel und ohne Ehrgeiz.

Oh, meine ich, Sie wissen das? Ist das bereits eine Diagnose? Er antwortet wieder einmal nicht. Ich riskiere drei Wochen mit dir in Italien, sagt er.

Da Sie mich als Hure einschätzen, ist diese Einladung kein großes Risiko.

Deine Frechheit geht mir schon sehr auf die Nerven.

Ich erinnere mich noch heute genau, wie sehr mich das freute.

Was sagst du deiner Mutter, und was Joseph?

Ich sage, daß ich Minas Familie im Böhmischen besuche. Meine Mutter und auch Joschi mögen Mina nicht, also werden sie böse sein und schweigen. Ich mag Mina auch nicht, sagt er, und mein Argwohn erwacht.

4. Kapitel

Viktor, Mina, Joschi und Leitschi, alle wohnen und wohnten im selben Häuserblock und kannten sich seit Jahren vom Sehen, ohne miteinander zu reden. Es genügte, daß Mina mich decken würde, Mutter war durch ihren Knaben abgelenkt.

Mutter ist längst tot, und mir ist der Gedanke an das, was sie sich gedacht haben könnte, heute noch peinlich. Sie hatte kein Recht, sich etwas zu denken, denn von ihr hatte ich gelernt, daß alles natürlich ist und normal. Sie war so alt wie Viktor. Na und? Paul war nur wenig älter als ich. Sie war es, die mich frei erzogen hatte. Ich fragte mich, warum ich tief in meinem Inneren Peinlichkeit empfand und der Doktor Skrupel. Gut, es war für die Praxis schädlich, wenn so ein Seelendoktor nicht nach dem allgemeinen Usus lebte. Wir fuhren im Auto und schliefen da und dort auf dem Wege, aber nie miteinander. Das war geil und romantisch zugleich. In Siena nahmen wir zusammen ein Zimmer hoch über der Stadt und lagen nebeneinander auf dem breiten Bett bei weit offenem Fenster unter dem Sternenhimmel, nur mit einem Leintuch bedeckt, und redeten.

Wir erzählten uns Geschichten, wie wohl unsere Mütter empfunden haben mochten, als sie uns empfingen. Seine brave jüdische Mutter ohne Perücke mit prachtvollem schwarzen Haar auf weißen Laken mit aufgestellten Knien, den ölig schwarzen Schopf des jungen Gatten zwischen den Beinen, immer alles knisternd umwogt von gestärktem Bettzeug. Wir stellten uns den Geruch ihrer Erregung vor. Meine Mutter zwei Jahrzehnte später und nicht in Polen, sondern in der Metropole, wo Alfred Adler in der Volkshochschule aufklärte und die Dialoge schon liefen, daß Freud mit der Sexualität etwas übertreibe, da übertrieb doch die Mutter gern mit der Offenheit beim Genuß, weil ihr das so paßte, und so war ich denn auch gezeugt, ohne Rückhalt. Wir phantasierten unseren pränatalen Zuständen nach. Ich bin sicherlich viel gebeutelt worden in den Monaten, die ich im Bauch meiner Mutter verbringen mußte. Viktor erzählte von der Behutsamkeit und Freude seiner Eltern, vom Familienleben und vom Geld, das seine Familie sammelte, um einen Gelehrten aus ihm zu machen. Seine Mutter verkaufte damals noch Gänse am Naschmarkt. Er redete von meinem Märchenprinzen Leitschi, den auf der Uni alt und jung gekannt haben, und daß er sich seinerseits einer derartigen Eleganz gegenüber minderwertig fühlte und daß er als Student nichts so sehr geübt hatte wie die saloppe Langeweile solcher Aristokraten. Leitschi hatte sich meiner geniert, wollte, daß wir einander vergäßen.

Ich denke nur an Leitschi. Ich müßte auch an Leitschi denken, wenn ich dich berührte.

Darauf redeten wir uns beide heraus, weil wir leiden wollten.

So kindisch bin ich nicht, daß ich leiden will, meinte Viktor, und dann schwiegen wir in der schlaflosen Nacht, während unbekannte Blumen schamlos dufteten.

Leitschi hat Nüstern und eine Mädchennase – du hast eine Luzifernase. Ich nehme an, du meinst die Hakennase? Ja, und es steht Haar heraus.

Entschuldige!

Meine Mutter findet, du siehst wie Kafka aus, und Kafka ist lungenkrank gewesen. So viele sterben lungenkrank nach dem Krieg. Lungenkranke sind immer geil. Meine Mutter ist auch sehr geil. Es ist eine fette Luft zwischen ihr und ihrem Freund. Sie singen miteinander die Lieder aus der Operette: Sieh, wie schön ist die Nacht, leise wollen wir seufzen und lauschen ... und unser Zimmer wird zum Puff.

Was bedeutet es für dich, daß deine Mutter einen Freund hat? Ich gönne es ihr. Was soll sie denn machen? Er kommt mir vor wie ein Bruder. Er ist jung, sehr jung, und ich habe immer die Vorstellung, er wäre ein Gerät für sie.

Viktor streicht mit der Handfläche meinen Bauch hinunter über das Leinen. Wir liegen regungslos, und ich sehe Viktors Decke sich heben.

Der Freund meiner Mutter ist zwanzig Jahre jünger als sie.

Warum sagst du das? Reizt er dich?

Wer oder was reizt mich nicht? Ich will mit meiner Mutter kein Gerede über das Thema.

Wir schlafen in den Ehebetten, und es war friedlich, ehe ich mit Leitschi ... Jetzt graut mir vor ihren dicken weißen Armen mit dem Duft von immer wachem Fleisch. Im Nebenzimmer schläft der Paul. Ich mag die Mutter nicht mehr küssen.

Meine Hand auf dem Hügel unterm Leintuch. Der Hügel fällt zusammen. Viktor ist traurig, er weist meine Geste zurück. Ich bin nicht mehr so locker, meint er.

Jaja, sagt er später im Auto, rede nur, rede über deine Mutter, rede überhaupt, rede einfach. Mir bleibt nichts anderes übrig, als mich damit füttern zu lassen, bis mir das Kotzen kommt. Ich male ihm mein Leben aus, und ich tue es mit Bosheit.

Die Mutter wirft in schweren Träumen ihre dicken Brüste von einer Seite auf die andere. Jahrelang kuschelte ich mich hinein, in die lebenden Pölster, preßte auch meine Lippen hinein, vermied aber stets die Berührung der Warzen. Mir graute davor. Zwischen den Kuppeln baumelte das goldene Kreuz an einem goldenen Kettchen. Statussymbol, kein Glaubensbekenntnis.

Ich redete und redete. Ich wollte Viktors waches Interesse, und ich war nicht echt genug. Ich spürte es. Was soll ein Psychiater mit einem Menschen, der schlau genug ist, sich in der Hand zu haben und Zwecke zu verfolgen? Ich log ihn nicht an, aber echt war ich auch nicht. Ich war ordinär. Ich war leidenschaftlich böse auf reine Mädchen. Ich war nicht rein. Ich war das auch als Jungfrau nicht. Aber ich verlangte von mir, rein zu sein, denn ich spürte, daß Viktor mir nicht abnahm, was ich ihm erzählte. Ich spürte es und hörte mit einer Frage auf zu reden, einer Frage, die ich nicht zu formulieren wußte, die aber warb. Ich warb um Sympathie. Er schwieg. Damals wußte ich noch nicht, daß Analytiker lernen zu schweigen. Sie müssen lange schweigen, um kein falsches Wort zu riskieren.

Viktor sagte erst etwas, als er ganz und gar entschlossen war, in mir keine Analysandin zu sehen. Ich brauche einen Vater, sagte ich böse und wußte, daß ich ihn damit verärgerte. Und dann war ich tatsächlich ebenso zornig wie traurig. Es ging mir ganz schlecht, und ich riskierte alles. Sind Koketterie und Geilheit Verbrechen?

Er sagte zögernd: Nein. Aber auch nichts Besonderes. Ein Fall bist du nicht. Du bist normal wie ein Huhn.

Ich fauchte ihn an und ließ ihn stehen.

Wollte ich wirklich rein und unschuldig sein?

Mit der Mutter im Dianabad: schwitzende Nackte im Dampfbad, und nachher hockten sie alle auf den Bidets und ließen den Wasserstrahl in die Scheide schießen. Ich saß auf so einem Ding und fand es höchst aufregend. Ich machte die Augen zu und bekam einen roten Kopf. Ich wäre lieber allein gewesen mit dem Wasserspiel und denke heute noch darüber nach, warum man sich überhaupt schämt: am Kopf zu kratzen zum Beispiel oder in den Ohren oder gar in der Nase. Ich sehe mir die Affen im Zoo an, nachdenklich, und weiß es dann: Alles Angenehme ist wollüstig und gilt als häßlich. Hier? Oder auf allen Kontinenten?

Oder: zu Hause! Da stand in der kleinen Dusche der Kübel mit den Binden, man wusch sie aus und verwendete sie wieder: Sie lagen stundenlang im kalten Wasser, um das gestockte Blut zu lösen, und stanken. Ich sah Mutters Schamlippen, wenn sie sich breit über dem Abfluß hockend mit weiß schäumender Seife wusch und ihr dichtes dunkles Schamhaar shampoonierte.

Plötzlich fing mich dieses Zusammenleben zu quälen an. Es quälte mich, diese intimen Momente zu ertragen, und ich beruhigte meine Nerven bei Joschi. Oder ich rieb mich flink selbst und dachte an nichts. An keinen, an niemanden. Mit Viktor darüber zu reden, wurde plötzlich unkomplizierter, weil ich Freud las. Er sagte, ich solle mir über meine sexuelle Identität klar werden und endlich mit ihm schlafen. Ich wollte meine sexuelle Identität nicht kennen, nicht wissen, und fand es aufregend, *nicht* mit Viktor zu schlafen. Aber wenn wir in irgendeinem Beisl miteinander aßen und ein wenig schmusten, war ich aufs angenehmste erregt. Er wog in seiner Rechten meine Brust, wie er es nannte, in der hohlen Hand. Diese Brust hatte gerade das sanfte weiche Gewicht, das er liebe, sagte er. Daß du keine Wäsche anhast! sagte er. Und wenn du auf dem Rücken liegst, habe ich nichts in der Hand. Ich habe nie Wäsche an, und wenn ich auf dem Rücken liege, habe ich kaum Busen, sagte ich. Immer nackt unter den Kleidern, wenn es die Temperatur erlaubte. Alles Sachen, die Viktor aufregend fand.

5. Kapitel

Das Leben pulste in den geweiteten Adern, wenn die Luft und feine Stoffe mich streichelten. Ich trank gerne. Damals war ein Liter Brünnerstraßler pures Vitamin. So leicht eingenebelt, sang ich sogar Mutters dumme Lieblingslieder.

Von so einem Abend kam ich einmal nach Hause und fand den Untermieter Paul in der Küche. Es roch nach Kamillentee, und er sagte, daß Mutter sich den Magen verdorben habe und er den Tee für sie koche. Dieser Babygeruch brachte mich auf, provozierte mich, und ich spielte darauf an, daß ich hier die Tochter sei und sagte laut: Ich kann ja wieder gehen, um die Herrschaften nicht zu stören.

Mach jetzt keinen Radau, sagte Paul leise, deine Mutter fühlt sich wirklich elend. Geh in dein Zimmer.

Ist sie betrunken?

Nein, sie nicht, aber du bist betrunken.

Paul redete sonst nie mit mir, und schon gar nicht per du. Wir konnten einander nicht leiden. Ich ging in sein Zimmer und legte mich aufs Sofa. Dort lag ein Band von Victor Margueritte: Dein Körper gehört dir! Und dann lag da auch noch ein Buch, das Mutter gelesen hatte: »Das gefährliche Alter« von Karin Michaelis. Rollenbilder an der Wand von Paul. Er war fast so schön wie *der* Paul Richter, der den Nibelungen-Siegfried spielte. Nach Viktors Meinung war das der Grund, weshalb sie ihn engagierten. Paul war hochmütig, und die Leute mochten ihn nicht. Er schien auch nicht viel Gage zu haben für seine zweitklassigen Rollen. Er spielte in Lysistrata einen griechischen Soldaten, und da hing ein aquarelliertes Foto von ihm. Nackter klassischer Torso und allerhand Metallschutz auf Schultern und Knien. Schön, aber fad, dachte ich, und immerhin legte ich meine Linke zwischen die Beine und träumte. Ich mußte eingeschlummert sein, denn als ich erwachte, konnte ich nichts sehen. Mein Rock war übers Gesicht zurückgeschlagen. Ich wollte noch nicht erwachen und schloß die Augen wieder über dem Gefühl, heiß und geschwollen zu sein. Träge war ich, und es fühlte sich ungeheuer angenehm an, was sich sachte in meinen Leib bohrte und meinen Bauch füllte. Ich döste zuckend, bis die Stimme durch den roten Nebel drang: Geh jetzt rüber zu deiner Mutter, ehe sie dich vermißt. Ich befolgte müde torkelnd den Befehl und schlief dann neben der Mutter weiter. Ich hatte den Duft der starken Zigaretten und des englischen Rasierwassers noch lange in der Nase und lebte in der Erinnerung ohne Klarheit. Ich habe Viktor und auch sonst niemandem etwas davon erzählt.

Die Mutter zeichnete ein Kleid für eine dicke reiche Kundin, und da sie diese Kundin gerne mochte, wollte sie eine schlanke fesche Frau aus ihr machen. Ich mochte diese Kundin auch, weil sie Viktors Mutter war. Sie trug die Perücke einer Jüdin, eine graue Strickjacke über bunten Blusen. Ich dachte über weite Röcke nach, Smok hinten und vorn und flache matte Teile an den Seiten. Ich blätterte Modezeitschriften und Bildbände über Dürer und die beiden Cranachs durch, ich entdeckte, woher Mutter ihre kleinen Ideen hernahm, und da mir die Schneiderei ein zu proletarisches Gewerbe war, ein Herrendienst, wie Joschi es treffend nannte, ein Lakaienberuf, und ich mehr wollte, begann ich zu malen. Zunächst kolorierte ich Fotos. Ich bestickte Gürtel, zeichnete bizarre Knöpfe und flocht mein goldenes Haar in viele kleine Zöpfe, die lauter Korkenzieher bildeten. Ich liebte mein Haar und küßte es. Ich drückte Puppen an meinen nackten Busen und schnitt vor dem Spiegel Gesichter, um den Ausdruck zu studieren. Ich studierte meine vollen Lippen, weil sie meinen Freunden gut gefielen. Ich besaß große breite Zähne – Minas Zähne waren klein und spitz und hungrig. Ich begann nachzudenken, und das Resultat davon war, daß ich die Kunstgeschichte und die Kunst als ein für mich mögliches Studium erwog. Das schien mir vornehm und gleichzeitig lustvoll. Lernen, was schön ist und erstrebenswert. Und vor allem schien es mir ein Gebiet, das nichts mit Politik und Republik zu tun hatte, ein abgehobenes Gebiet. Das Studium war gleichzeitig eine Gelegenheit, mit Studenten und Akademikern, mit gehobenen Existenzen zu tun zu haben.

Ich ging in einen Aktzeichenkurs und studierte an Joschis Körper. Ich wurde mir meiner Freude am Detail bewußt.

Überhaupt begann mich das Lernen selbst zu faszinieren. Neue Welten enthüllten sich durch Genauigkeit, durchs Detail. Ein Ohr war nicht nur ein Ohr, sondern eine verwirrende Organisation von Linien. Ich zeichnete Joschi und lernte ihn näher kennen als je zuvor . . .

Ich zeichnete Teile seines Akts, machte ihn transparent, faltete ihn auf und entdeckte an ihm heimliche Reize. Zum Beispiel reizende Ohrläppchen oder das Glück in seinem Blick, wenn er mich ansah. Ich lebte mit ihm und konnte ihm alles erzählen, von Viktor reden, und er war mir der Liebste. Lieber als Mutter, Olga, Paul oder Mina. Seine Zimmerwirtin wollte uns verheiratet sehen, aber Joschi begriff, daß ich noch zu viel vom Leben erwartete, um mich festzulegen. Ich meinte ihn schon in- und auswendig zu kennen, er bot mir nichts Neues.

Viktor war im Vergleich zu ihm ein Kaleidoskop, immer neue Perspektiven und Gedanken, Welten! Aber im Grunde verstand ich Viktor nicht. Joschi durchschaute ich. Er dachte immer an mich. Wenn er kurzbeinig am Rinnstein stand und die Leute beobachtete, gab er nicht darauf acht, wie er selbst aussah. Liebevoll betrachtete er die Hundebesitzer um den Kirchenplatz, die ich lächerlich fand, wenn sie geduldig darauf warteten, bis das Vieh sich entleert hatte, und das Ergebnis registrierten. Alte Frauen, ein Graus für mich, führte er sorgfältig über die Straßen und schämte sich dafür. Er schämte sich überhaupt für alles, auch für mich, die ihn eigentlich nicht liebte, aber ausnützte und gebrauchte: für die Lust und das Gespräch. Er war gescheit.

Er ist zu gutmütig, sagte die Mutter.

Na und? Es taugt ihm, sagte ich.

Immer ging es darum, daß Frauen keine Zukunft haben, wenn sie nicht heiraten und Nester bauen.

Nestbauen als eine Lebensaufgabe für Frauen hing also klar über mir oder zumindest der Dienst an der Menschheit, die Generationen nicht abreißen zu lassen. Im Augenblick schob ich das weit von mir. Zukunft hatte Zeit. Gegenwart brannte. Joschi war soweit Mediziner, daß er ein Hütchen auf meinen Muttermund praktizierte, das mich vor unerwünschter Schwangerschaft schützte. Natürlich wollte ich ein Kind, das gehörte zum Leben einer Frau, das zog ich nicht in Zweifel, obwohl mir die Ehe als ein Gefängnis erschien, das sich würde vermeiden lassen, wenn ich lernte, worauf es in der Kunst ankam.

Sexuelle Identität, was sollte das sein? Ich wußte es immer noch nicht. Mit Viktor spekulierte ich. Das war eindeutig. Mit Joschi vögelte ich, um nicht alleine zu onanieren. Aber was zum Kuckuck sollte Liebe sein? Es war doch ein gängiger Begriff, und ich kannte die Sehnsucht, die sich darauf bezieht. Hatte sie, die Sehnsucht, mit dem Erlebnis zu tun, als der Leitschi mich aus sich selbst herausriß, um mich ausgespien an andere weiterzugeben? Ist Liebe eine unpersönliche oder eine überpersönliche Erschütterung, die sich als Erinnerung festsetzt? Kannte ich ihn denn, den Grafen Ludwig – Leitschi? Warum werde ich den Gedanken an ein bestimmtes Grübchenlächeln, an ein spöttisches Verziehen des Mundes nicht los?

In den Vorlesungen fiel mir Heidi auf, sie war in meinem Alter und wunderschön.

Typus Gamin, ganz zart, mit der hellen Haut der Rothaarigen, ein Kolibri. Natürlich hatte sie einen Freund in der Fakultät, einen gut aussehenden Kommilitonen, der im Kreis der Nachkriegskinder von seinem Reichtum nichts merken ließ. Aber alle wußten, daß sein Vater ein begüterter Patentanwalt war. Er schenkte Heidi nichts, denn er wollte nicht wegen seines Geldes geliebt werden, und er hatte auch keines. Der Vater erzog ihn streng zu Härte und meinte es gut, denn ihm war der Reichtum auch nicht in den Schoß gefallen. Wir respektierten derartiges und dachten über unsere eigenen Möglichkeiten, zu Geld zu kommen, nach. Sollten wir uns einfach verkaufen? Uns einfach prostituieren und daneben die Liebe rein und sauber halten? Selbst die Auswahl treffen, Sympathie auf jeden Fall voraussetzen und diskret bleiben? Das war kompliziert. Wir sahen mit unseren zwanzig Jahren beide gut aus und hatten nichts anzuziehen. Wir litten, wenn wir unsere Spiegelbilder in billigen Fetzen sahen. Die Mutter zweigte ab und zu ein mißlungenes Modell für mich ab, aber nahm sich nicht einmal die Zeit für die notwendigsten Änderungen. So begannen wir davon zu reden, uns zu verkaufen. Die Auswahl wollten wir treffen, und geheim sollte alles bleiben: Wir hatten vor, unsere Möglichkeiten so zu nutzen, daß wir uns vor uns selbst nicht zu schämen brauchten und womöglich sogar Vergnügen daran hatten.

Aber wie sah unsere Vorurteilslosigkeit aus? Wir schämten uns, weil wir uns nicht schief anschauen lassen wollten, obwohl es schlicht um eine Sache von Angebot und Nachfrage ging und obwohl wir uns der absoluten Freiheit verschrieben haben wollten. Auch des Körpers und seiner Möglichkeiten. Souveräne Geschöpfe, aufgeklärt, verantwortlich, und wir wollten nicht als Ware oder Objekte auf den Markt, sondern in eigener Entscheidung als Freudenbringer, deren Qualität bezahlt werden mußte, wollten wir uns selbst zur Freude der Käufer erhalten.

Auf die Straße wollten wir nicht, um Gottes willen nein! Heidis Freund kam aus einem Milieu, das irdische und himmlische Liebe zu trennen wußte und trennte. Er hätte es nicht gewagt, Heidis Liebe in Münze auszudrücken oder gar die seine. Er gab ihr nichts und schenkte ihr auch keine Kleider. Sie gingen in Lokale, die er für sie als angemessen empfand, um sie nicht verlegen zu machen. Er war befangen, und sie war es auch. Er achtete ihre Armut, er wollte sie nicht beschämen, und sie war zu stolz, um ihm eine andere Sicht der Dinge beizubringen. Sie dachte sich nichts dabei, als sein Vater eine Gelegenheit suchte, die Freundin seines Sohnes in Augenschein zu nehmen. Sie stand in der Menge der Gratulanten bei der Promotion des Sohnes. Der Vater umarmte sie inniger, als es sich schickte.

Heidi gefiel dem Alten, mehr, als er sich es gestattete. Sie raubte ihm die Ruhe.

Heidi lag neben mir auf dem Diwan. Wir tranken Tee mit Rum und rauchten ein dunkles Kraut ohne Filter und fühlten uns verrucht, während Heidi erwog, den Alten einzuwickeln. Wir redeten frivol, sahen die schiefe Bahn vor uns. Wir stellten uns die ersten Schritte vor. Spekulativ! Warum nicht Zukunft ohne Gefühl planen? Wir lagen miteinander in dem Raum, in dem sich Heidis Liebe abspielte, wenn ihre Mutter im Gasthaus Teller wusch, und dachten über die Wichtigkeit des Alltags nach.

Er hat keine Ahnung, sagte Heidi, und ich

will es ihm nicht sagen. Ich will nicht Zeichenlehrerin werden, aber er findet es öde, davon zu reden. Es ist ihm auch peinlich, daß meine Mutter Kellnerin ist. Er will nichts drum herum, nur diese Stunden mit mir in diesem Zimmer. Er findet, das Zimmer ist voll Poesie. Er genießt sein Märchen. Ich bin nur ein Versatzstück.

Ich sah mir das Versatzstück an. Es war ein heißer Tag, und wir hatten nichts an. Heidis Busen kurvte in einem süßen kleinen Kegel aus. Ich hätte gerne an der Spitze, die sich da noch obendrauf runzelte, gesaugt. Aber damals trauten sich höhere Töchter, wie ich eine war, derlei nicht so einfach. Damals hatten ja sogar die Bolschewiken in der UdSSR die Freiheit in Sex und Liebe zurückgenommen. Die Revolutionäre wurden wieder züchtig. Auch für die Rote Macht war Ordnung das oberste Gebot. Heidi und mich enttäuschte das sehr. Auch dort zügelte der Staat die Urgewalten, das einzige, für das wir leben wollten. Die Gesetze der Macht galten auch für die gerechte Verteilung der Genüsse dieser Erde. Ob schwarz oder rot, der Staat war der Feind.

Wir redeten darüber, aber nur, wenn wir allein waren. Zum Brauch, zur üblichen Erwartung, gehört ja auch, daß ältere Ehemänner an jüngeren Frauen naschen. Heidi meinte, es sei unappetitlich, aber man nimmt es an und läßt es zu, auch wenn es Herzen bricht.

Ich kenne seine Frau ja nicht, sagte sie, nachdem sie das erste Rendezvous mit dem Vater ihres Freundes im ersten Restaurant der Stadt hinter sich hatte. Er ist voller Respekt: Er ist wirklich verliebt, er ähnelt dem Sohn . . . lauter solche Sachen sagte sie, und ich redete ihr zu, mit ihm in die USA zu fahren, wo er mit Patenten handelte.

Er ist dir ja sympathisch und die beste Gelegenheit, über deinen Schatten zu springen. Versuch's mit ihm, wenn er doch reich ist.

Du traust dich doch nicht einmal, mich anzurühren. Heidi schob eine Hand in mein Gebüsch und drehte gedankenvoll mit ihren Fingern Locken.

Ich öffnete die Schenkel. Ich weiß nicht, was mich mehr aufregte: mein Mut oder ihr Mut. Sie sagte seufzend: Incest is a game the whole family can play.

Wir dachten an Vater und Sohn, als es uns beiden angenehm wurde, aber wir genierten uns auch und unterdrückten mit roten Köpfen das Zucken in unseren Beinen. Was geschah, geschah zunächst nicht. Heidi war nicht so forsch, wie sie sich gab. Auch der alte Stefan, Steven, wie er genannt werden wollte, war nicht so weltmännisch, wie er sich geben wollte, er war scheu und zärtlich und besaß Gewissen: Der Sohn! Die Frau!

Zwischen ihren Luxuskabinen war das Bad, das sie abwechselnd benützten, und Heidi hatte Zeit, den Duft seiner Toilettesachen von Yardley zu genießen und auch das Aroma seiner holländischen Zigarren. In der Schwimmhose auf Deck gewöhnte sie sich an das melierte Haargekräusel seiner Brust und rund um seine Glatze. Er hatte mit dem Doktortitel als Jurist, als Familienvater und Geschäftsmann seinen Platz in der Welt und nahm ihn ein. In Heidis Dasein war nichts als gefährdete Jugend und Schönheit und Hunger nach Sexualität, Mahlzeiten und edlen Stoffen, um sich zur Geltung zu bringen. Erst kommt das Fressen, dann kommt die Moral, sangen sie in der Dreigroschenoper in allen Kinos.

Als sich bei hoher See der alte Stefan über die Reeling lehnte, stand Heidi neben ihm, und er tat ihr leid. Ein alter Mann, der nichts von seinem Reichtum hatte. Ihm war hundeelend. Man sah es an den bleichen Fingerknöcheln. Er umklammerte das Geländer. Heidi ekelte nicht, als er erbrach, sie legte den Arm um ihn, führte ihn in die Kabine und hielt ihm die Schüssel unter. Als der Himmel wieder blau war, peinigte ihn der Gedanke an das durchgestandene Elend. Sie lachte und strich ihm über die Stirn.

Nackt stand sie im Badezimmer, als er nach höflichem Klopfen eintrat. Sie war bereit, sie wollte ihn sogar.

Oja, sagte er, oja! Er ging in die Kabine zurück, ohne sie anzurühren.

Der Steward brachte ihr mit dem Frühstück ein Paket von der Bordboutique. In einem Etui war ein Halsband, das nach echten Perlen aussah. Es schreckte Heidi. Sie ließ es auf dem Tisch liegen und aß nichts. Er trug es ihr in die Kabine nach. Sie stand wieder nackt im Badezimmer, und er legte ihr zart und wohlmeinend das Halsband um und zitterte dabei. Sie öffnete die Lippen und hielt ihm ihren Mund hin, wie ein Kind, das dankt. Er flüsterte: Heute, wenn es dunkel wird. Sie nickte. Es lagen noch Stunden dazwischen. An Deck und im Speisesaal.

Ich freute mich, sagte sie, glaub mir das, ich kann nichts dafür, daß mir in dieser Nacht eine Geschwulst in der Vagina wuchs. So etwas ist ekelhaft, und man soll es nicht erzählen. Es brannte und schmerzte, und ich wußte nicht, ob ich ihm die Perlen zurückgeben sollte, wie ich es ihm erklären sollte, daß ich mich schuldig fühlte. Ich wollte es ihm zeigen, daß er selbst tasten konnte, es pulste und tat weh, und ich hatte etwas Fieber. Er wurde böse, er ertrug es nicht, mit einem Gynäkologen verwechselt zu werden. Heidi wußte, daß sie ihn betrog, obwohl sie nicht sagen konnte, wie das zuging. Steven hatte geschäftliche Termine einzuhalten, und Heidi fürchtete sich allein im Riesenhotel in der großen Stadt. Steven verkümmerte zum Beschützer.

Er zeigte sich nobel, nachdem die Ärzte keine medizinische Erklärung für die verschlossene Pforte geben konnten. Er tauschte das Kollier gegen eine Brautausstattung und zwang durch eine Schenkung den Sohn zur Heirat. Er liebte Heidi und wollte sie als Tochter behalten. Sie sagte mir heulend, daß sie beide liebe und daß sie immer wieder dem Jungen schwören müsse, daß zwischen ihr und dem Alten nichts passiert war.

6. Kapitel

Mich fanden viele reizend, und ich hatte zwei Männer, die mir nicht reichten. Ich begann, andere Männer zu taxieren, die mich begehrend ansahen, denn es verlangte mich danach, begehrt zu werden. Das dauert nicht lange, sagte die Mutter, die schätzen dich ab wie das Geflügel am Markt, deine Frische und deine Haltbarkeit, du bist chic. Schau dich selbst an, das Foto an der Wand: Eva am Pianino, so reizend, so wohlerzogen. Schau dich an. In mir regte sich Selbstkritik. Das Bild ist abscheulich verlogen. Das ist kitschig, sagte ich, und Mutters Naja verwirrte mich.

Abends im Aktkurs hatten wir einen alten Mann als Modell, und neben mir zeichnete ein alter Herr, ein Herr wohlgemerkt, der nach Moschus duftete und durch ein fettes Genick aufmerksam machte, weil dieses häßliche Genick an einem massiven Kopf ein bißchen nach hinten zog. Das ließ sein sommersprossiges Gesicht älter und hochmütig aussehen und die kleine häßliche Nase sokratisch. Er wandte sich mir zu. Ich kokettierte prompt, und obwohl er alt war, fand ich ihn imponierend, als er sich zur stattlichen Länge erhob, seinen Bauch mit Würde vorschob und sich vorstellte: Hollstein. Kurt Hollstein: Ich bin Antiquitätenhändler und Dilettant. Ich bewundere Ihre flüchtige Skizze, Sie haben einen rechten Schächer aus dem Alten gemacht. Ich mußte eine Weile nachdenken, ehe ich kapierte, daß er den Gekreuzigten meinte, der dem Heiland zur Rechten hing. Danach ging ich mit dem Herrn Hollstein ins Sacher, denn dort wohnte er. Er suche eine Sekretärin für die englische Korrespondenz. Das traute ich mir ohneweiters zu, wenn ich in seine gierigen Augen sah. Ich versprach ihm, den nächsten Nachmittag nochmals zu ihm ins Hotel zu kommen, und war fast enttäuscht, als er es nicht eiliger hatte. Er war alt: etwa sechzig, aber sauber und sehr gepflegt. Er sabberte nicht und rauchte Havannas.

Ich wollte nicht nur ausgehalten werden, ich wollte auch etwas lernen. Und ich lernte.

Kurt Hollstein genoß mich und begehrte mich und ging mit mir um wie mit einem gemieteten Gegenstand. Er besaß mich, aber ich besaß ihn nicht, und das gefiel mir gar nicht. Er schob mich und die Kissen im goldfarbenen Satinbettzeug umher, baute Gebirge aus Daunen, in denen er meine weiße Haut arrangierte. Es machte ihm nichts aus, sich gehen zu lassen und mich, sich selbst und das Zimmer zu verschmutzen. Er schlug mich mit seinem Gürtel und stach nach mir mit seiner Nagelschere, schmierte sich mit meinem Blut Jesu Wundmale auf die Handflächen und auf die Stirn.

Zunächst hielt ich es für schlechtes Theater und wußte nicht, was es sollte. Es dauerte eine Weile, bis ich begriff, daß es ihn ergriffen hatte. Er wollte sich, in große Erregung verbissen, krampfhaft Erleichterung im gespannten Genuß abzwingen und brauchte dazu den Anblick meiner Angst, meines Erschreckens. Ich wimmerte, um diese Angst, die ich auch fühlte, deutlich zu machen. Ich verstand mit einem Mal, was es heißt, »ihm zu Willen zu sein«. Aber ich blieb kalt und wollte nicht, daß er meine Kälte wahrnahm. Ich fand es nicht fair, draußen zu bleiben. Aber ich mußte ihn bedauern, weil er seine Lust zwingen mußte, und wollte eigentlich nicht dasselbe tun. Was er dann noch verlangte, war mir so fremd, daß ich ihn für verrückt hielt: Ich sollte auf sein dünnes Haar und seine Glatze urinieren. Dazu war ich zu verkrampft. Ich versuchte es, bis ich bemerkte, daß er auf Widerspruch erpicht und auf Kampf aus war. Plötzlich war meine Angst größer als mein Widerstand. Ich wollte mich wohlig-müde ergeben und dachte, daß es Mitleid war, was mich so weit brachte. Meine Erleichterung, als er endlich spritzte, sein tiefer Schlaf nachher, ließen mich vom Kind zur Mutter werden. Ich onanierte neben dem Erschöpften, der zuerst tief atmete und dann rasselnd schnarchte. Das Selbstverständliche seines Aufruhrs und Absturzes machte mich neugierig auf seine Fremdheit, die mich schließlich sogar faszinierte. Ich sah mich verwundert selbst als Fremde neben ihm beim Souper sitzen.

Er schenkte mir echte Perlen und ließ mir von meiner Mutter ein selbstentworfenes Kleid nähen. Ich konnte mich jetzt selbst ernähren und auch Joschi helfen. Kurt entschwand immer wieder nach Übersee, und

Joschi brauchte mich nicht zu entbehren. Kurt schickte Geld und Geschenke und verlangte keine Treue. Er schrieb mir in einem Brief von einem gelehrten Freund, einem Aristokraten, der demnächst an der Wiener Universität ein Gastsemester halten würde. Das war Adam, Graf Wszelnicky, Anfang fünfzig, von mächtiger Gestalt, ein Mittelding zwischen Großvater und Rübezahl, meliert und adlernasig. Auch er gewann dadurch enorm, daß er von mir beeindruckt war. Auch schien er über Sexualität wie über Kunst nachzudenken und ging mit mir ins Museum. Er redete mit mir über Freud, und er kannte Viktor. Er und Kurt lehrten mich, Männer von Körpergewicht zu schätzen, und ich träumte davon, Adam in seiner ganzen Länge auf mich zu ziehen. Bei seinen leisen Berührungen und seiner Hingabe bei der Betrachtung von Kunstwerken, die ich noch nie beachtet hatte, wie zum Beispiel George de la Tour, wurde ich enorm scharf.

Ich lief mit Mina auf dem Eis. Sie konnte gut tanzen, auf dem Eis. Sie flirtete mit Rudi Borschutty, und dieser hatte einen älteren Herrn zum Freund, der auch tanzte. Angeblich gab er eine Zeitung heraus, die aber keiner kannte. Aber Paul wußte von dem älteren Herrn. Witsch hieß er, fett und schwammig war er, aber sehr beweglich. Er war ein Burgenländer, eine Mischung aus ziemlich allem, was die Monarchie hatte aufwachsen lassen, aus Kroaten, Tschechen und Ungarn gemixt.

Alle saßen dann zusammen in der Kantine der Profisportler.

Mina, die gar nicht heikel war, nannte sie ordinäre Kerle.

Zuhälter! sagte sie.

Doch nicht Paul oder Rudi!

Frag die Olga – oder besser Olgas Mutter.

Mütter! Ich mochte geile Mütter nicht. Vier Kinder! Genügt ihr das nicht? Ich mochte Mütter überhaupt nicht, denen es nicht genügt, Mütter zu sein.

Geburtsschmerz, Liebeslust, Blut, Sperma und Kinder, das alles in einem Kanal – und dann legen sie auch noch die Köpfe schief und empfinden Poesie. Mich regt das auf, Mina, ich weiß, es ist albern, was ich empfinde, aber ist es nicht auch unappetitlich, wie diese Kröte Witsch zu dem langen Paul hinaufhimmelt, der, einen Kopf größer, im Bewußtsein seiner Schönheit sich den Grog zahlen läßt, den sie trinken?

Es stieß mich ab, wenn ich die Gier des alten Witsch spürte. Er belauerte mich mit seinen wässrigen Hundeaugen, häßlich und süchtig wie der verzauberte Frosch im Märchen. Er war die personifizierte Geilheit, dieser Witsch, und prompt verstand ich seine Not, und er tat mir leid.

Ein Narr, sagte Mina.

Schau, wie er Paul beim Arsch um den Hals nimmt.

Bist du eifersüchtig?

Nicht auf Paul! Paul ließ den Witsch absichtlich stürzen.

Dieser Witsch verstauchte sich den Fuß. Paul mußte ihn aufs Holz schleppen, und der Frosch machte sich schwer und klammerte sich an Paul.

Naja, sagte Mina.

Naja, sagte ich, da hast du es. Ich erzähle es Mutter.

Pervers, sagte Mina.

Leider ganz ohne Charme.

Wir glitten in die Runde und ließen beide allein. Borschutty blieb bei ihnen und meinte: Der Dicke hat Verbindungen und Paul hier bei uns keine Chance. Das Normalste auf der Welt ist das Geschäft. Im Grunde sind das alles Gemeinheiten. Ein Satz, den Minas Mutter aus dem Künstlercafé heimbrachte, wo sie die Kassa bediente, weil das Kohlengeschäft nicht mehr ging, als Minas Vater sich nach Bayern abseilte.

7. Kapitel

Im Deutschen Reich ereignete sich Sensationelles. Nicht einmal der Machtantritt Hitlers brachte Hitlers Feinde und Sympathisanten in Österreich so in Aufregung wie das Massaker in Wiessee, bei dem homosexuelle Nazis erschossen wurden und gleichzeitig das Gerücht aufkam, daß Hitler selbst es getan hatte. SA-Männer hatten dort mit ihrem Stabschef Röhm irgend etwas gefeiert, und er, der Freund Hitlers, ging mit drauf. Kleinkarätige Saufbrüder nannte Paul sie alle, der mir in meiner Unerfahrenheit mit diesem Problem doch immer verdächtig war. Mutter sagte: Er ist höchstens ein Passiver, wenn überhaupt. Es gab so viele Nazis in Österreich und viel Arbeitslosigkeit, wir würden uns wohl an die große Wirtschaftsmacht anschließen müssen. Aber der Arno Breker gefiel mir so wenig wie die anderen Monumentalen, die Hitler züchtete.

Ich fand mich im Gesinnungsrummel nicht zurecht. Es war gut, daß Homosexuelle der Zucht verloren gingen. Aber den Frauen? Obwohl Männer, die einander umarmten und küßten, mich nicht eifersüchtig machten. Hitler ist eifersüchtig, sagte Paul. Zum Teufel mit Hitler! Er würde auch gerne mittun.

Alles an sich drücken, was warmblütig und am Leben war. War ich deshalb ein Schwein, weil ich das verstand? Alle Grenzen machen entsetzlich traurig.

Paul mag Hitler, sagte ich.

Aber nein, er möchte nur in Berlin den Romeo spielen, meinte Mutter.

Hitler: Gefahr oder Gewinn? Die Kaffeehausköchin war auf jeden Fall Parteimitglied und somit illegal und gefährdet. Sie könnte ins KZ Wöllersdorf kommen. Ein christlich-soziales Gefängnis.

Es gibt doch Rassen, sagte Mina – sie sind eine Rasse für sich.

Aber auch schwarze Hahnenschwänzler und schwarze CVler sind Rassen für sich. Gesinnung macht Rasse.

Ich habe keine, sagte ich. Ich stehe gerne außerhalb.

Ich klammerte mich an Joschi. Er war der einzige Mensch in meiner Umgebung, der Hitler inbrünstig haßte. Nicht einmal ich tat das, weil mir alle Leidenschaftlichen leid taten und ich bei allem Ekel das Gefühl hatte, daß Hitler litt. Er litt unter einem Minderwertigkeitskomplex. Das hatte ich von Viktor. Viktor hatte mir die Gefährlichkeit eines solchen Leidens klargemacht. Mich schmerzte es, daß die Menschen kompensierten, das heißt, daß sie sich für ihre Handicaps an den Mitmenschen rächten, das heißt, daß man hart wird, wenn man Leid erfahren hat. Und ich richtete, wie alle Menschen, meinen Kummer gegen die Mutter, so sagte Viktor. Von ihr hatte ich gelernt, Gefühl über alles zu stellen, es auszuleben. Das spielte sie mir täglich vor. Daß sie allen Menschen, allen wohl wollte, erfüllte sie mit so viel Glück, daß sie alle, die Kummer hatten, damit beleidigte. Sie küßte Paul, sie küßte mich und die kleine Tigerkatze mit derselben Inbrunst. Sie brüllte, wenn sie Unrecht erkannte.

Als Mutter Paul an Hitler verlor, kämpfte sie nicht, sie weinte. Daß auch ich weinte, machte sie wütend. Wir waren einander ähnlich. Wenn man so mitleidig war, war man auch gut. Viktor höhnte. Er hatte Angst und höhnte. Ich wollte es nicht wahrhaben, daß die Juden, alle Juden in Gefahr waren. Du hast ja nichts, du bist ja *nur* ein Intellektueller!

Du lieber Himmel! Ich vergifte das Volk, zerstöre den ach so heilsamen Aberglauben an runde Floskeln! Wenn ich das Gefühl in seine Bestandteile zerlege, macht das die Leute impotent. Hitler, dieses Schwein, hat Charakter, und man meint damit seinen Egoismus, der angeblich so gesund ist. Er sammelt Egoismen, und so kriegt er die Stimmen.

Das große Sportfest in Berlin, das war ja eine Sensation, prächtig aufgezäumt, da liefen auch Neger mit, und die Leni Riefenstahl, die Reichsgletscherspalte, fotografierte. Er läßt Neger mitlaufen. Joschi griff sich an den Kopf: Der will Dumme wie dich noch blöder machen! Ich wußte, daß Joschi es richtig sah.

Paul gehörte, was immer das sein mochte, der Legion Condor an und besaß eine Uniform, die er in Wien nicht tragen durfte. Er bezog Gelder und verschwand wochenlang nach München. Er führte Mutter und mir sein kriegerisches Kostüm vor, weil es für ihn Zauber besaß. Hitler selbst war für Paul uninteressant.

Ich spürte, daß ich auf Viktor wartete, daß ich mit ihm leben wollte. Ich ärgerte mich, weil er die Radaubrüder so ernst nahm. Es gibt viele, die dem ganzen Rummel in Deutschland nur noch zwei Jahre geben – Hitler schwächt sich doch nur, wenn er das Reichsgebiet verläßt! Und auf sein Geschwätz fallen doch nur die Piefkes rein! Ich wehrte mich mit aller Macht, an die Gefährlichkeit eines so unglaublich trivialen, reizlosen Marktschreiers zu glauben.

Viktor sagte: *Alles* ist aus. Wie will er das wissen? Und was ist *alles* ?

Als ich in der Aula die Ankündigungen las, stieß ich auf einen Vortrag, den Adam halten würde. Alle Wahrheit liege in der Ästhetik, und deshalb sei diese, als zeitgenössische Kunst, die wahre Weltgeschichte: Das war der

Umriß seines Themas. Und auch er begann mit dem Biedermeier.

Adam hatte seinen Bruder mitgebracht, ihm sehr ähnlich und älter. Ich sah die beiden aus dem Auto steigen, das verchromt war und luxuriös aussah. Zwei schwarzweiße Dalmatinerhunde, groß und vornehm, blieben gehorsam auf dem Rücksitz. Offenes Verdeck. Das war elegant. Ich begann, mich selbst zu sehen, und machte den Mund zu. Sehr beeindruckt schob ich mich in die Sesselreihe neben den Bruder Adams. Er sah mich an und nickte mir zu. Ich schwitzte vor Wichtigkeit: daß er mich wahrnahm! Aber das war noch nicht alles. Er blieb nach dem Vortrag einfach in der Tür stehen und sprach mich an: Na, viel gelernt? Nein, sagte ich, ich komme nicht ganz mit. Hat er nicht gesagt, Schönheit wäre die jeweilige Wahrheit? Siehst du, sagte Adam zu seinem Bruder, solche Frauen rauben mir die Konzentration. Der Bruder hieß Sebastian und war ein Jäger. Eine femme fatale, sagte er und küßte mir die Hand. Dabei schien er mir sehr zerstreut. Ebenso zerstreut lud er mich ins Auto, und Adam ging lachend weg. Dieser Basti hatte mir gerade noch gefehlt. Ein Riese, mit viel weißem Haar auf dem Kopf. Schwarzes Haar auf der Brust. Außer seinen manikürten Händen war alles ungepflegt. Er nahm mich mit in sein Landhaus, ein Jagdhaus, eine Stunde von Wien mit dem Wagen, an der ungarischen Grenze. Er trug Gummihandschuhe, denn wie er sagte, weidete er seine Jagdbeute selber aus, machte Würste und Konserven. Breite Schultern, schmale Hüften noch mit sechzig, denn das war er, älter als Adam. Ich bin ein lockeres Mädchen, trumpfte ich auf, nachdem er mir das Kleid mit einem Ruck über den Kopf gezogen hatte. Was bist du denn? Fremdheit mußte erst weggeräumt werden. Ich ließ alles mit mir geschehen, um ihn kennenzulernen. Ich bekam Prügel, Hiebe, Ohrfeigen. Ich schloß die Augen und wünschte mir mehr. Ich wollte bewußtlos werden, aber ich wurde es nicht. Ich sagte nur das Übliche: Komm, komm! Er kam, und ich kam, und danach war es eher möglich, sich über uns klarzuwerden. Ich habe aufgepaßt, sagte er und bot mir eine Zigarette an.

Danke, sagte er. Du wirst keine blauen Flecken haben. Mir lag auf der Zunge, Ich bin keine Hure zu sagen. Aber mit einem

Mal erkannte ich die ganze Spießigkeit eines solchen Rückzugs und sagte: Ich möchte nicht hierbleiben, ich habe Angst vor Fledermäusen. Bringst du mich nach Hause? Wo wohnst du? Ich will nicht, daß du es weißt. Naja, sagte er, einstweilen nicht. Er brachte mich an den Stadtrand zur Straßenbahn. Ich fuhr zu Viktor. Es war leer in den dunklen Gassen. Ich steckte einen Zettel ins Schlüsselloch: Ich brauche dich.

Basti saß auch in der nächsten Vorlesung seines Bruders. Ich war sehr unsicher, drückte mich und ging allein weg.

Er ist manieriert, ein Narziß, spielt Theater, lebt ohne Badezimmer, geht auf ein Plumpsklo im Wald, wäscht sich in einem Zuber, hat ein Riesenbett aus alter Eiche, mit Daunen zum Draufliegen und Zudecken. Riesige Ölbilder, Geweihe und ausgestopfte Viecher, auch aus Afrika. Seriös, traditionsreich und untergegangen. Kukuruzfelder und der Horizont, Insekten und Ebene.

Ich lag mit Joschi auf dem Tisch, das Becken auf zwei Pölstern – da kamen wir beide ganz zusammen, tiefer und noch tiefer. Das Ineinanderkriechen machte uns weicher und noch weicher, wir weinten, aber das war nicht Wollust, das war Erschütterung. Das große Ding, das sich vorbereitete, die große Gefahr, die auf das Land zukam, hatten uns die Vorsicht vergessen lassen. Ich dachte plötzlich daran und stieß Joschi aus mir. Warum soll der Sinn von allem nicht Genuß sein, wenn er es doch ist? Und plötzlich packte mich der Gedanke, daß es Angst war, die mich die Männer einsaugen ließ, daß diese Stoppel, die sie in mich stießen, und das Vergnügen dabei doch viel mit Sich-aneinander-Klammern zu tun hatte.

Auch *er*, so sagte mir Viktor, wolle zurück in den Uterus. Na gut! Und so dachte ich an Viktor, und wir machten es nochmal. Von unten kamen die Heilrufe der Menge, und wir beide, außerhalb der Gemeinschaft, probierten einen anderen Rhythmus. Wir ließen uns durch das Gebrüll in unserem Widerstand steigern. Brüllen vor Begeisterung, in der Hoffnung auf ein besseres Leben, das taten die da unten. Kann Hoffnung auf Arbeit und einen besseren Verdienst solch ein

Glücksgefühl auslösen? Paul gegen Viktor? Aufstieg gegen Untergang? Ich weigerte mich, es so zu sehen. Wir lagen in Joschis Untermietzimmer auf einem langhaarigen Teppich, handgeknüpft von der Hausfrau in scheußlichen Farben, und redeten von der Belanglosigkeit von MEIN KAMPF. Er plant eben, sagte Joschi, er hat ein Programm. Ich wollte auch ein Programm haben, für mein Leben, und andere Menschen für die eigenen Zwecke benützen. Was wollte ich denn aus meinem Leben machen?

Es leben, sagte ich pampig. Ohne Mutter.

Siehst du, sagte er, wir brauchen viel, viel Geld.

Wieso wir? An ihn dachte ich nicht.

Was sollten nur die Bubenspiele bringen? Die Soldaten? Sie vögeln die Frauen, weil sie das Generationsgeschäft betreiben müssen. Ansonsten sind sie alle homosexuell: in Reih' und Glied und auch im Wirtshaus. Das Imponiergehabe, die Uniformen und auch die Kameradschaft. Kampf? Zucht? Wenn einer etwas anderes will als ich, soll er scheißen gehen – man sammelt doch nicht

Gleichgesinnte, um anders Gleichgesinnte in gigantomanischen Aktionen zu töten! Was hätte ich davon, als Sieger auf einem Leichenhaufen zu sitzen? So dachte ich und wollte nichts als Viktor. Ist das nicht das allgemein unter Liebe bekannte Gefühl? Plötzlich weiß ich, daß ich nur mit Viktor weiterleben kann, und renne hinüber zu seiner Wohnung. Er ist nicht zu Hause. Unten marschieren die Hampelmänner – ich nannte die marschierenden Truppen nie anders. Ich war voll Abscheu und dachte daran, ihnen allen die Schwänze abzuschneiden. Ich steckte noch einen Zettel an Viktors Tür und legte mich voll Bauchweh zu Hause aufs Bett. Ich hatte Angst, ich ahnte Unheil. Der Hitler mit der Reitpeitsche: der Aufstieg der Trottel und der Kraftlackel. Mutter und ich, wir wußten das. Paul in Uniform, da drehte sich ihr der Magen um.

Wieder und wieder lief ich zu Viktors Wohnungstür. Mein Zettel steckte noch im Schlüsselloch. Ich hörte mich selbst wimmern, als ich mich auf die Matte kniete. Ich kniete und hockte, und er kam die Nacht nicht. Und er mußte doch kommen, seine Papiere, Essays, sein Schreibtisch, seine ganze

Existenz war da hinter viermal vier Wänden: die Ledersessel, die mir so mächtig von Reichtum gezeugt hatten, und die alten Ölbilder, die nichts wert waren, wie er sagte, mir aber das bedeuteten, was die Mutter mir eingegeben hatte: die Achtung vor Solidität.

Der häßliche Kerl wird den Krieg anzetteln und Gott weiß was mit den Juden machen. Und die Österreicher freuten sich darauf. Es war alles aus. Die meisten Menschen um mich erwarteten den Krieg. Die einen in Schrecken, die anderen voll Lust. Der Paul freute sich auf den Krieg als ein Abenteuer, als Ende des langweiligen Friedens mit Vorschriften und dummen Parolen, die keiner durchsetzte. Mich ängstigten alle Geschichten, die man erzählte, von Juden, die man einsperrte und quälte, von Existenzen, die ruiniert wurden. Viktor wird wiederkommen! Daran klammerte ich mich. Ich klammerte mich an die Äußerungen der Hitler-Gegner. Auch Kurt Hollstein war ein Hitler-Gegner, aber eben auch ein Opportunist. Er fand es richtig sich anzupassen, mit Biedermeiermöbeln und Biedermeierschmuck zu handeln. Er schrieb mir aus den USA, wo er seine

Geschäfte machte: Lange wird der Hitler-Zauber nicht dauern. Halte dich an Adam. Ich komme nicht zurück.

Es war soweit. Wir hingen hoch oben in den Fenstern. In der Tiefe der Straße zog Hitler ein, die blutige Operette begann. Die Erregung der Stadt steigerte meine und Joschis Erregung. Wir trieben es wieder ohne Vorsicht und mehr mit Protest denn mit Konzentration. Ich fühlte Angst, als wäre ich allein auf der Welt. Meine Angst war Schrecken. Was in den vielen Menschen auf der Straße, die brüllten, vorging, und in uns beiden, das konnte nur Viktor wissen, und daß er mich mied, war die größte Gemeinheit. Dieser Einmarsch hatte die ganze Trivialität und Gewöhnlichkeit des Wurstelpraters, nur daß der Tod nicht verhöhnt, sondern herausgefordert wurde. Juda verrecke, brüllten sie unten im Chor, und in mir stiegen Wut und Gewalt auf und Haß gegen Joschi, weil er sich fürchtete und wie ein Hündchen zitterte. Tief unten in der Straßenschlucht stand Hitler aufrecht im Wagen, mit der Lächerlichkeit des deutschen Grußes, der erigierte Arm der Gewalt von einem Kasper ausgestreckt. Ich hieb auf Joschi ein und dachte, ein Mann müßte wohl so empfinden. Damals war ich noch jung und direkt, und nur die Sportler der Leni Riefenstahl kamen mir als ein Aktivposten der ganzen Bewegung vor. Die Bedrohung zwang mich, auf den Schwächling einzuprügeln, der es mit sich selbst und mit mir nur gut meinte. Sooft ich mich in meinem späteren Leben an diesen spektakulären Einzug erinnerte, fühlte ich mich als Mann, der nur durch Gewalt der Gewalt entkam. Joschi nannte mich eine Faschistin, und ich war sehr böse, weil ich nicht durchschaute, was Wahrheit an dieser Behauptung sein könnte. Ich wollte hassen und um mich schlagen.

8. Kapitel

Die Kastanien blühten, auch der Flieder und allerhand duftendes Gesträuch. Mandelbäume, Apfelbäume, die Spitzen der Ziertannen, lauter frisches Grün, frühlingshaft tobten Hunde im Gras der Wiesen, und die stationierten Soldaten liebten nachts gelangweilt. Junge Vögel zwitscherten, im kleinen Zoo brüllte ein schäbiger Löwe, ein Schakal stank. Es war die Kulisse einer Baracke im Wurstelprater, in der wir blauweiß gestreift, dienstverpflichtet fürs Rote Kreuz, unterm Ahorn saßen und Erdäpfel schälten. In einem requirierten Bau wurde für die Truppe Gulasch gekocht. Der Krieg tobte weit weg, und ich wartete orientierungslos dort ab, wo wir zu Hause waren: die Mutter und ich, Olga und Mina. Wir werkten lustlos. Hohen Zielen dienstverpflichtet, fühlten wir uns steril. Die Fickereien, die dennoch stattfanden, waren trostlos. Olga wollte dem Führer kein Kind schenken und fand eine Engelmacherin, die es mit der berühmten Stricknadelmethode entfernte. Olga fieberte drei Tage, und der Amtsarzt übersah die Ursache. Ein menschlicher Arzt und eine freie Woche: wozu frei?

Ich hielt die Knie breit und sog den Fliederduft in die Nase. Die braunen Schalen der Kartoffel fielen mir in die gestreifte Schürze über dem marineblauen Kleid, der Uniform, die wir hier trugen. Olga war nicht da, und ich saß neben Dora, die so alt war wie ich, aber seit zehn Jahren einen Ehemann besaß. Sie zitterte um dieses Eigentum, er war ihr erster Liebhaber gewesen, und unser rüdes Geschwätz übers Bettvergnügen verletzte sie. Das posierte sie nicht. Im Gegenteil, sie schämte sich ihrer Unschuld, und als wir ihre Treue Feigheit nannten, schluckte sie das. Ich mußte mir das geliebte Exemplar anschauen, sie zu Hause aufsuchen, um zu sehen, wie auch er gerne einmal zur Seite gesprungen wäre, es aber nicht wagte. Es war dort wohl so, wie es gewesen wäre, wenn ich mit Leitschi hätte zusammenbleiben können, ich meine, wenn Leitschi es gewollt hätte. Dieser hier wollte es: bis daß der Tod euch scheidet. Ein geiler kräftiger Kerl mit einem naiven Kinderglauben. So mußte ich es sehen. Wer weiß, was geschehen wäre, wenn wir uns allein wiedergetroffen hätten. Ich ging selten hin. Aus Neid. Ich neidete ihr den Mann und daher auch ihre Angst um ihn. Angst, weil ein Einrückungsbefehl nach dem anderen kam, die sie mit gefälschten Arztbefunden abwehrte. Sie hielt ihren Kerl moralisch und de facto aus dem Leben heraus. So sah es meine Mißgunst. Es fällt ja nicht jeder in diesem Krieg, versuchte ich sie zu trösten. Da fing sie schon an zu zittern und bleich zu werden. Du machst ihm nur das Leben schwer, sagte ich zu ihr. Da saßen sie in einem Nest, in dem die Liebe und die Kunst traute Kulissen stellten, mit Blumen und Bildern und bunten Flickenteppichen vor dem wuchtigen Kamin, einer Attrappe, die einen kleinen sparsamen eisernen Ofen barg, der wohl im Winter gemütlich blubberte. Wir hörten in der Verdunkelung den englischen Sender ab, drängten uns dicht aneinander, als Coventry bombardiert wurde, und spürten den bedrohten Pulsschlag, der durch alle ging, wie den eigenen. Die Angst und meine fremde Nähe beengten ihn, aber er hielt der Hitze bewegungslos stand. Ich drückte mich an ihn. Gemeinsam war uns die Pein, voll Todesangst Abschied zu fühlen. Er malte in der Manier des Greco, es waren noch keine eigenständigen Bilder, die da hingen, nur die Glut war seine, die zwischen den Bildern schwelte. Sie ist so jung, sagte er zu mir, als ihr kleines Gesicht sich in seine Achsel verkroch. So viel naive Unschuld bei so viel aktuellem Tod! Ich wußte nicht, wer von den beiden mich mehr verletzte, und warum.

Küß mich, sagte ich zu ihm, als ich ging. Tu es doch, sagte seine Frau herzlich.

Mutter fuhr mit dem Feldwebel, der für die Küche sorgte, im Jeep spazieren und begleitete ihn auf seinen Fahrten. Es war mir nicht recht. Da ich mir, anders als die Mutter, über alles Rechenschaft gab, was ich fühlte, hätte ich gerne gewußt, warum mir das nicht recht war. Der Feldwebel konnte auch mir gefallen, ein Maturant, der manchmal ein freches Wort gegen das Regime riskierte. Aber sollte die Mutter ihre Freude haben?

Ich schlief bei Olga und dachte über den Betrieb bei Olgas Mutter nach. Olgas Mutter fühlte sich als Frauenrechtlerin und führte schreckliche Reden. Sie hätte ihre Besucher am liebsten kastriert.

Es herrschte in meinem Kopf ein furchtbares Chaos. Auf der Uni gaben die Nazis den Ton an, aber das ging mich nichts mehr an. Als die Angriffe auf die deutschen Städte zunahmen, die Berliner nach Wien flohen, hatte ich mehr im Roten Kreuz zu tun, mußte nachts mit der Gasmaske am Gürtel in Bereitschaft hocken.

Ich war abhängig von der Kulisse und von allem, was der Fall war. Ich wurde stumpf. Nicht weil ich Grauen fühlte, sondern weil die Dummheit, wie ein Wüstenwind, alle Gedanken unmöglich machte. Ich lernte in jener Zeit verstehen, wie tödlich Dummheit ist. Das große Verbrechen ist dumm. Viktor, wo bist du, der einzige, der mir sagen könnte, was ich vor allem, über alles liebte? Es war nicht das Begehren und nicht das Ficken. Wer war ich, und wer war er, und was taten wir?

Ich beneidete Olga, weil sie ein besseres Verhältnis zum Alkohol hatte als ich. Olga konnte trinken und trinken, während bei mir bald eine Grenze erreicht war, die ich nicht überschreiten konnte, sonst wurde mir schlecht. Die Gäste von Olgas Mutter hatten Flachmänner in ihren Taschen, in den Taschen ihrer weiten Uniformmäntel. Es war ein romantischer Puff, den Olgas Mutter unterhielt, mit wienerischem und orientalischem Touch. Die Alte hatte ein dünnes Gestell, überall flach, dafür mit Klunkern behängt wie ein Christbaum. Schwarzes Flatterhaar und Goldringe in den Ohren. Sie besaß nicht die dicken Lippen Olgas, aber sie malte sich welche ins braune Gesicht. Die Bräune des Teints war echt. Sie roch nach Patchouli. Tagsüber aß sie fette Torten. Ihr ganzes Wesen rüsselte. Sie saugte herum wie ein Insekt im Zuckerladen, sie torkelte wie eine Wespe im Herbst und hockte nicht sehr munter auf den Knien enttäuschter Soldaten. Die Männer vermißten die üppigen Formen und wurden durch schlürfende Intensität entschädigt. Sie nahm ihren Liebhabern die Flaschen weg. In einem weißlackierten Schrank hortete sie Schnaps, Kaffee und Würste. Die Alte verachtete Menschen, die sich für beliebigen Geschlechtsverkehr zu fein vorkamen. Ich gehörte plötzlich dazu.

Warum bist du bei uns, Eva?

Deinetwegen, sagte ich, selbst überrascht. Weil du mir über den Weg kamst. Ich mag dich, Olga. Ich mußte jemanden mögen. Sie war der einzige Mensch, den ich ertrug, und ich wußte nicht, warum. Olga hatte sehr weit auseinanderstehende Augen und eine flache Nase mit Nüstern. So sahen meist blonde östliche Menschen aus. Olga aber hatte pechschwarzes fettes Haar. Sie wusch es nahezu täglich, wie Leitschi. Meistens war sie bleich. Bleiche olivfarbene Haut: eine perverse Kombination. Flachsig wie ihre Mutter und doch mit Busen und Hintern. Sie lachte mit leerem Blick und machte mich damit melancholisch. Die winzige Olga war klug, und das gab wohl den Ausschlag. Sie durchschaute jede Situation. Das ist nicht nur vorurteilsfrei, das hat auch Perspektive: ins wertfreie Dunkel. Aber es machte Freude, Bücher zu lesen und alles zu verschlingen, was es zu lernen, zu lachen und zu genießen gab. Olgas Mutter besaß ein Aquarium, das viel einmaliger war als ein Keller mit dreckigen Soldaten.

Meine Mutter hielt sich sauber. Sie spielte mit ihrem Feldwebel Schach, zweigte von der

NS-Verpflegung nach Maßen ab. Sie schlief nicht mit dem Kind in Uniform, aber sie genoß die Nähe seiner Unterschenkel unter dem Tisch, wenn sie ihm gegenübersaß. Er sah scharf auf das Spiel. Dicke Luft und die Genugtuung der Mutter, daß sie sich etwas versagte. Die Würde, die sie aus ihrem Verzicht schöpfte, ekelte mich an. Was bedeutete diese Entsagung? War das das Resultat der gezügelten Welt? Wenn Olga mit zärtlichen Fingern aus mir den Saft holte, den sie dann nuckelte, so war das eine süßliche Qual. Ich liebte das, denn sie wußte genau, wo es wohltat, bis ich mich im Schrei löste und ihr Revanche bot. Das brachte ihr wieder und wieder Vergnügen. Es war auch herrlich, daß sie wie gebeizt nach scharfen Zigaretten roch – die Illusion, mit einem Mann zu sein. Ich rauchte ihr zuliebe auch Virginias. Olgas Mutter hatte so viel davon, daß sie damit handeln konnte. Ihr ganzes Geschäft beruhte auf Naturalien.

Ich hatte Olga sicherlich lieb, in dieser Kriegszeit des langsamen Zugrundegehens. Es drehte sich alles im kleinen Kreis. Die Gesellschaft eines Viertels, eines Quartiers, eines Wohnbezirks traf sich oft. Die Ehefrauen hielten die Tatsache eines solchen Etablissements je nach Temperament und Verstand vor sich selbst geheim, sie schwiegen darüber. Es war peinlich und anrüchig. Ich begriff nicht, was Diskretion bringen sollte. Was Viktor Verdrängung nannte, war eine Wahrheit, die in Praxis umgesetzt schon keine Wirklichkeit mehr war oder nur auf andere paßte. Ich war überhaupt nicht geeignet, etwas zu verdrängen oder andere etwas verdrängen zu lassen. Es war mir dennoch bald klar, daß ich Witsch verabscheute und daß es ungut wäre, es zu zeigen, weil er bei Olgas Mutter ein- und ausging und Zigaretten und Würste brachte. Ich hatte mir den eleganten Bonvivant aus einem der großen französischen Romane des neunzehnten Jahrhunderts anders vorgestellt. Heute frage ich mich, mit welchem Recht. Man denkt immer, daß Vergangenes passabler war. Dabei war Witsch nicht häßlich, sondern schmierig, bisexuell, und wahrscheinlich gehört es zu habituellen Puffbesuchern, schmierig zu sein. Aber er schwamm im Geld, und das wusch ihn sauber. Er war kein Zuhälter, eher ein Hungriger, der nicht satt zu kriegen war, nicht, weil er bei etwas versagte, sondern weil er nirgends Stil hatte. An ihm erkannte ich, was ich von einem Menschen erwartete: Stil.

Ein Sommergewitter ging nieder, und ich stand beschirmt an der Rampe der Universität, als Paul in Uniform vor mir erschien. Er müsse weg, weit weg, und dürfe nicht sagen wohin. Er begleitete mich, weil er, wie er sagte, Adam kannte. Und dann kam noch Witsch, der mit beiden nicht nur bekannt, sondern sogar vertraut schien. Basti konnte man getrost dazuzählen: Menschen, die nicht ans Zugrundegehen dachten, die Geld und Beziehungen zu nutzen verstanden. Die enorme Ungerechtigkeit am größten Teil der Menschen, die Treu und Glauben bewiesen, an was oder zu was immer, diese Ungerechtigkeit hielt ich Adam empört vor. Der lachte und sagte, ich wäre jetzt am üblichen Scheideweg, das Beste daraus zu machen oder ins Kloster eines endgültigen Verzichts zu gehen, das jede Art von Kirche bereithält. Die Stufen buddhistischen Denkens schienen ihm die reifsten, die uns angeboten sind. Mein ganzes Herz flog Adam zu, und fast vergaß ich Viktor. Was die beiden trennte, war die Vorstellung einer moralischen Verpflichtung.

Viktor zum Beispiel glaubte auch nicht an Sünde, aber an die Wirkung alles Handelns auf die Umwelt, an Recht und Unrecht. Darum kümmerte sich Adam nicht. Wie auch Kurt handelte er auf Geschäftsbasis ohne Gesinnung, wenngleich sie Hitler verachteten. Die Praxis hatte mehr Vernunft als die Gesinnung, fand ich. Daß Adam lieber in den Staaten lebte als hier, aber seine Interessen nicht kampflos preisgeben wollte, konnte ich verstehen. Aber Adam ging es auch um die Lust und um die Kunst.

Im Sinne der Wahrheit erlebte er Form in allen Bereichen. Der Leib war der Geist, und das paßte mir sehr. Leib und Geist im Einvernehmen, trugen wir uns alle zu Markt. Das schloß alle Menschen um uns ein, aber ohne die Härte irgendeiner Illusion oder Ideologie. Adam lebte das Risiko, das Viktor schaudern ließ. Adam half aber auch allen Menschen in seinem Umkreis, während Viktor sich jetzt vor allem selbst helfen mußte. Ich liebte nur diese beiden, weil alle anderen um mich herum voll Angst im Nationalsozialismus den Kaiser sahen, dem das Seine zu geben war. Und das Seine waren die Menschenopfer.

Wir ahnten damals noch nicht, wieviele es

werden sollten. Wir hielten uns den Kopf frei und steckten ihn in den Sand.

Ich genoß die Frivolität des Kreises um Adam und Basti, weil ich nicht gerne litt unter einem System, das schwer zu bekämpfen, dem aber zu spotten war. So lebte ich in den Tag und wollte es mich nicht verdrießen lassen.

Mein Feindbild, mein Begriff vom Feind war die Verklemmtheit, der eigentliche Grund der Lüge. Und der widerliche Witsch erfüllte eine Form, die seine, die des Verräters. Er verriet eine miese Sache und diente uns und sich damit. Seine Rolle sollte ich erst sehr viel später erkennen. Es war eine echte Rolle in einem durchgeformten Stück.

Was wir lebten, war Form, mit allen Risiken in einer Welt voll brutaler Herrschsucht, so machte es mir Adam deutlich. Viktor als Opfer hingegen war darin zur Verteidigung bestimmt und nicht zum Gestalten. Das schmerzte mich.

Adam gab mir Dostojewskis Großinquisitor zu lesen. Nach dieser Lektüre wählte ich die Freiheit und fühlte mich mündig. Ich hatte kein Bedürfnis nach der Sicherheit des Gehorsams.

Wir waren in Gesellschaft und fuhren mit Basti und den beiden Hunden ins tiefste Burgenland. Vorher verschwand Witsch in einer Telefonzelle und rief irgend jemanden an, der allen unbekannt war, aber mich und Olga vom Dienst befreite. Dann holten wir Olga ab. Im Jagdhaus kredenzte Basti selbst eingedoste Blutwurst und frisches Gulasch. Witsch war nicht so hager und trainiert wie Adam und Sebastian. Sein fettiges Aussehen störte mich. Mit seinem roten Säufergesicht war er mir unsympathisch, und da halfen auch die langen Beine nichts, die im Kniegelenk nicht straff genug zu sein schienen. Er hatte keinen Stil. Ich weinte, weil ich mich als Freiwild fühlte, und daß ich mich so fühlte, war deshalb, weil mir mit Witsch ein zufälliger Partner unterjubelt wurde. Olga umarmte mich, und Adam füllte aufs neue mein Glas. Ich wußte nicht, ob alle mich benutzten, ich wußte nur, daß ich mich an Adam hielt, seine Stimme hörte, und daß ein Kuckuck rief.

Der Kuckuck, das grüne Licht vor den Fenstern, die Birkenstämme vor dem Saustall trösteten mich. Wildsäue im Gehege, Frischlinge, die auch in den Wald hinausliefen, waren tröstlich. Mochten sie mich ficken und in mir eine Art Wärme und Reaktion erzeugen, die mir auch gar nicht zuwider waren, eine Affenfröhlichkeit! Mochten sie ... Nur Witsch im Zuber zu sehen, war mir widerwärtig, und er sollte Olga nicht bekriechen. Laß Olga los! schrie ich und schlug ihm mit einer fettigen rußigen Pfanne auf den Hintern. Danach lief ich aufatmend ins Freie. Adam wickelte sich ein Handtuch um die Hüften und kam mir mit seinem Regenmantel nach. Er legte mir den Mantel auf die Schultern. Schau, daß du nüchtern wirst, sagte er, trink einen Kaffee! Olga stellte die Tassen auf den Holztisch, die anderen kamen und setzten sich auf die Hausbank.

Da überfielen uns die Mücken. Die schlugen wir einer auf dem anderen tot. Bald sahen wir aus wie vom Aussatz befallen, blutbeschmiert. Das brachte uns in Rage, und ich zog Adam auf mich. Er wollte mich auf seinen Stab setzen, und als ich mich zum Spaß wehrte, packte mich Witsch und zerrte mich hoch. Ich biß Witsch in die Nase. Er schlug mich, Adam hieb ihm in die Hoden, und beide brüllten. In der Keilerei dachte ich an

Viktor und das Urteil, das er über mein Treiben fällen würde. Er war eine Instanz und verurteilte mit Sicherheit die Rohheit dieses Symposions. Ich dachte aber auch, daß er wie ich denken müsse, und daß alles, was wir zum Spiel bräuchten, eine Erleichterung wäre, was man heute Aktion nennt. Ob wir uns Kriege ersparen, wenn wir uns privat austoben? Wir dachten damals nicht daran, wenigstens ich nicht. Komm, lockte Basti und legte die Arme um meine Hüften. Ich hielt mich an Adam fest. Olga lag still unter Witsch. Adam starrte mich an, schnappte nach mir und entriß mich Basti. Ich hatte bei all dem die Kraft, das Schauspiel der Leiber zu genießen. Ich spielte da mit Kalibern, die nur für mich richtig schienen. Ich mußte nur Witsch in der Clownrolle sehen und Basti als Tollpatsch. Die unwürdigen Greise vertraten Olympia für mich.

Mutter durfte von all diesem Treiben nichts wissen, denn sie fand es wichtig, daß ich mir meine Heiratschancen nicht verdarb. Ich war mir klar, daß Heirat Prestige bedeutete, aber auch, daß diese Spekulation darauf ebenso spießig wie gefährlich war. Lebenslänglich unfrei – das war es wohl nicht. Scheidung. Beruf. Das stand einander ja alles nicht im Wege. Alles wollte ich einmal probieren.

Ich blieb bei all dem romantisch, bei Bastis pannonischer Küche, bei polnischem Sliwowitz und Ogauer Rotwein. Ich dachte an antike Hetärengespräche und Knabenspiele. Es kam mir entgegen, daß alle spielten, daß die Verzweiflung sich hinter unserem Treiben verbarg. Wann durfte man so ausgelassen sein wie kurz vor dem Ende. Scheherazade – alle die befreiten Stunden in der Erwartung des Todes. War das Dasein den Kampf wert? Wollte ich die Fortsetzung? Ich wußte es nicht.

Hitler war wie eine Seuche, ein Gewitter. Ich dachte, daß Viktor sich hier versteckt halten könnte, bis es mit Hitler aus wäre, denn hier glaubte nicht einmal Witsch an einen Erfolg des Dritten Reiches. Witsch, der Goldfasan, wie sie ihn wegen seiner braunen SA-Uniform nannten, sagte nur: Sorg du dich nicht um Viktor. Er sagte es mit einer Autorität, die mich beruhigte. Auch Adam fügte sich Witsch. Man redete nicht über verfolgte Juden. Überhaupt nicht über die Situation.

Man mußte die Katastrophe überstehen. Die Brüder waren fürs Militär zu alt. Witsch diente allen Lagern und machte Geschäfte über die Schweiz. Er spionierte und diente, wem er konnte. Sie werden dich abschießen. Sie schießen einander ab. Sie haben auch Röhm abgeschossen.

Mich nicht, sagte Witsch: Ich glaube an den Führer!

Er ist kein Nazi, das heißt, er ist keinesfalls Ideenträger. Er verbreitet keine Ansicht, keine Lehre, erklärte Olga. Sie meinte, daß reiche Menschen diskret sind und keine anderen Ansichten haben als die Gesetze der Macht und des Geldes. Auf dieser Basis, sozusagen auf der geschäftlichen, handelt er mit Nazis – das ist Praxis und keine Gesinnung. Weil diese Praxis mehr Vernunft hat als Parteiprogramme, will er dort leben, und sicherlich hat er dort Geschäfte und auch Frauen. Er war wie Basti schon einmal standesgemäß verheiratet, er hat Kinder.

Diese Privatsachen waren mir gleichgültig, solange ich Adams muskulösen Arm in meiner Nähe fühlte. Hochgewachsen, schwergewichtig, schien er sich auf meine Schultern zu stützen, als ob ich nicht seinen Schutz als Halt brauchte. Es war selbstverständlich, daß ich nach dem Krieg mit Adam in die USA gehen würde, wenn er es wollte.

Adam sah Witsch nie an. Nicht einmal schräg, wie Basti. Aber Witsch handelte mit Wolframdraht, etwas für die Rüstungsindustrie, und flog sogar in Kriegszeiten zwischen Prag und Frankreich hin und her. Er nahm Paul mit. Gefährliche Umtriebe. Man redete nicht davon. Adam hielt es für ausgeschlossen, daß irgend etwas ein gutes Ende nimmt. Er verehrte Roosevelt. Dieser Kommunist! schrie Paul.

Es gab mir zu denken, daß Paul und Adam Feinde waren. Wenn beide getrunken hatten, umarmten sie einander. Das sah tödlich aus, denn beide waren sie brutal. Aber Adam wußte das, kannte sich und hielt sich im Zaum, während Paul sich selbst verletzte, weil er blind zuschlug.

Seine nie weichende Überlegenheitsfassade machte auch mich rasend, und genau das band mich an Adam und nahm mich gleichzeitig für Paul ein. Ich verübelte es ihm aber, daß er als Heldendarsteller in den Knien knickte. Er war ein Sportler und Reiter, aber Herr wie Adam war er nicht. Wer ist ein Herr, und wer ist Adam, den ich in den Hintern beißen konnte, der mir die Möse küßte und dennoch von mir Abstand hielt. Ich benötigte Haß, um mir Witsch vom Leibe zu halten, Adam kam in dichtester Nähe mit niemandem in Berührung. Deshalb verriet ich Viktor an ihn. Im Grunde haßte jeder jeden, und gerade das war es, was uns band.

Adam mietete eine Wohnung.

Es ist eine Judenwohnung, ich mag sie nicht.

Vielleicht hast du recht, sagte er.

9. Kapitel

Ich blieb bei Olga. Der Puff ging mich nichts an. Umso weniger, als Basti Olgas Mutter mit Wein und Nüssen versorgte. Wir lebten im Windschatten dessen, was Geschichte machte.

Unter dem Puff war eine Kohlenhandlung, ein Souterrain mit Haufen schwarzer und bräunlicher Kohle, mit Bergen von Holz und Briketts. Ein netter Knabe spaltete auf einem Klotz die Scheite. Das beobachtete ich gerne, weil er sich plagen mußte, und ich nachdenklich wurde über seine Lust an der eigenen Kraft, die er provozierte: schmalhüftig und hoch aufgeschossen, ein Wassertrieb mit hellblauen Augen. Mir tat leid, daß dieser Wasserblaue, Nordisch-Seemännische, durch Hitler in Verruf kam, weil es Hitler gefiel.

Genau über dem sauberen Kohlengeschäft der Pfuhl von Olgas Mutter: Drei Kabinette standen zur Verfügung, und in jedem hing ein Bild von Fidus. Unter den Bildern Löcher in der Wand und die Möglichkeit, zu sehen oder gesehen zu werden. Alles nur nach Wunsch. Jedem stand es frei, das Bild hängen oder sich sehen zu lassen.

Wir schauten manchmal zu. Es war wie im Theater: zumeist fad. Die ganze Fickerei vor dem Hintergrund eines Krieges, der unsereins um die Früchte bringt! Plötzlich wollte ich ein Kind haben, wünschte mir eine Geburt als Krönung der Ekstasen. Dabei aber nicht würfeln, nichts dem Zufall überlassen. Das neue Ich, das Es, das Über-Ich, es sollte aus Viktors Samen entstehen. Eine fixe Idee.

Das Ende des Krieges brachte uns einem Wiedersehen nahe. Ich onanierte nicht mehr und ließ auch Olga mich nicht mehr streicheln, weil ich mich für Viktor aufbewahrte. Joschi hatte ich vergessen, und die Nachricht von seinem Tod in Stalingrad hatte ich auch irgendwie erwartet. Ich bewahrte mich für Viktor auf. Nicht weil er mir so gut gefiel. Ich konnte vor mir selbst nicht begründen, warum ich gerade ihn wollte. Es setzte sich in mir der Wunsch fest, einen Plan zu haben:

Glück! Und Glück ist Wissen, ist Überblick und Intelligenz! Nur Viktor verfügte über derlei. Die Menschen krepierten, und ich wollte gebären. Viktors Mutter war verschwunden, verschleppt, im Osten, umgebracht, sagte man. Ich setzte mich in eine Kirchenbank, um zu schlottern und zu schluchzen. Heidis Bruder war mit dem Flugzeug abgestürzt, von der eigenen Flak heruntergeschossen. Er kam ins Lazarett, körperlich gesund, aber mit total zerrüttetem Verstand. Er bebte bei jedem Geräusch und konnte nicht mehr allein sein. Adam durfte ihn ins Jagdhaus bringen und verwöhnen.

Russen in Uniformen. Alle Straßen waren voll von ihnen. Es war sichtlich Elite, die sich da zunächst in unserem Keller vorsichtig umsah. Im Kerzen- und Taschenlampenlicht gefielen sie mir in ihren sauberen Uniformen ganz gut, und sie schreckten mich nicht. Es war eine Vorhut, wie sich später herausstellte, als die Ukrainer und Mongolen folgten. Die prügelten zunächst Mina und dann eine ältere Frau, und es war, als müßten sie ihre Scheu überwinden, um ihre Männlichkeit zu zeigen.

Mina hockte auf einem Haufen zerbröckelnder Briketts und wartete auf die Gewalt. Das Haar zerrauft, die Augen starr. Konzentriert, scheu und böse, riß der Soldat an ihr herum. Mich bemerkte er nicht. Ich war kalt und gespannt, genau wie die anderen im Raum. Der Soldat sah wie Heidis Schwiegervater aus, so friedfertig und erwachsen. Deutsche sahen selten so reif aus. Deutsche Soldaten glichen den Sängerknaben, aber diese Ukrainer waren backenknochige Urtümlichkeit: Stalingesichter, Leningesichter, Molotowgesichter.

Mina konnte sich entziehen, weil sie sich ergab. Da ließen sie von ihr ab und warfen sich auf die Weinenden. Was sich da in der Finsternis und unter den Uniformmänteln tatsächlich abspielte, schien lustlos wie die Bewältigung eines Programms. Auch Wut und Aggression schienen mittelbar und erzeugt und nicht echt. Ein sanfter Bursche streute Fischkonserven auf den Lehmboden des alten Kellers und versuchte zu beruhigen.

Es waren nur unser Anspruch und unsere Vorstellung, die hier litten. Die Augen mancher Männer standen eng und blieben geschlossen. Introvertierte Wixer erfüllten ein Soll. Andere Stämmige mit weit auseinanderstehenden Augen in flachen Gesichtern stießen stumm und erbittert. Die beherschte Vorhut roch stärker nach Rum als die Wilden, die nachher kamen.

Ich sah das Auf und Ab und hörte das Winseln. Eiskalt, ohne Angst. Meine Schamlippen schwollen. Ich legte mich auf den Boden, und mir war nichts als heiß. Schöne heiße Wellen, und ich war so sehr bereit, daß keiner mich wollte. Später erfuhr ich im Kaffeehaus, daß so viel Bereitschaft die Urmänner abstieß. Sie wollten in die Eier getreten werden, aber man durfte darüber nicht reden. Und das war es, was ich verabscheute. Ich will mit Worten in die Zwänge. Stummes ist tot. Eine Schlacht muß tosen. Lust ist laut. Angst war das Programm, und die Angst steigerte uns alle in den Tagen, die nachher kamen.

Mutter erzählte, daß es sie schüttelte. Wenn mir irgend etwas im Leben peinlich war, so waren es Mutters Äußerungen. Nie glaubte ich ihr ein Wort. Sie erzählte, sie hätte einen Rotgardisten in die Eichel gebissen, eine patriotische Tat. Brüllend weggerannt sei er.

Du lieber Himmel!

Uniformen stürzen auf das Wehrlose und ficken zornig in alles Weinende. Sie wollen das Wehrlose. Heftig, kindisch, grausam, Bartfäden über Mundwinkeln hängend, Quadratschädel, mongolisch kindlich, schamhaft rund. Ich floh nicht, ich stand an den Straßenecken und lachte, weil Hitler tot war und der Waffenstillstand verkündet. Es war, aus. Es ritten die russischen Soldaten auf ungarischen Pferden über den Kirchplatz. Unter dem Gewicht der Stalinorgeln brach das Pflaster, und die Erde barst. Wie ein Kind war ich froh über das Durcheinander. Alles konnte sich ereignen, und alles ereignete sich. Adam preschte auf einem Panjewagen herbei, um nach mir zu suchen. Er hauste mit Basti im besetzten Jagdhaus. Er holte Mutter und mich. Mutter litt an Gallenkrämpfen und starb unterwegs. Sie hatte Erbsen verkocht, die von der Roten Armee ausgegeben wurden. Sie hatte Torten und Gulasch aus Erbsen zubereitet. Wir mußten sie im Acker begraben.

Im Jagdhaus, mitten unter den Armisten, gaben sich Witsch und Heidis Bruder Richard als blessierte Dorftrottel. Jetzt erst erfuhr ich, daß Adam Witsch auf dem Halse hatte. Ich erfuhr, daß Viktor im Jagdhaus versteckt gewesen war, versteckt im Saustall, und daß Witsch ihm und anderen Juden falsche Papiere zur Flucht besorgt hatte. Witsch gehörte zu den Nazibonzen, und jetzt war Adam an der Reihe, Witsch zu schützen.

Mutters Tod machte mich nachdenklich. Was ist denn ihr Leben gewesen? Sternstunden mit drei Männern. Mehr kannte sie nicht. Diese drei vergönnte sie sich mutig, nahm es auf sich, nicht ordentlich zu sein, sondern flatterhaft, in ganz kleinen Verhältnissen: zwei saubere Zimmer, Küche und Vorzimmer, knappe Kassa, steter Fleiß und eine kritische Tochter, die sich bald löste. Und was erstrebte diese Tochter? Nichts als erfüllte Augenblicke, immer Augenblicke des Jubels, des satten Jubels, der Jubelschreie, der Explosion, einatmen, ausatmen, in eines Mannes feuchte Achselhöhle den Kopf wühlen und seinen Männerschweiß riechen und die warme Kraft seines Bizeps an der Wange fühlen. Gegen nichts anderes tausche ich das ein: saubere Lust, den Stolz der Gier, die Sicherheit der Wünsche. Himmelherrgott, keine Bedenken! Risiko! Gefahr!

Olga nahm sich einen strohblonden zwanzigjährigen Muschik und ging mit ihm ins Bett, ins Kino. Ein Ukas verbot das Fraternisieren, der Muschik verschwand, und Olga kam zu Basti. Ich trauerte um Mutter, ein bißchen. Ich schob mir einen Polster unter den Rock und spielte die Schwangere. Jetzt wollte ich nichts mehr erleben, sondern eine Weile ungeschoren bleiben und nachdenken. Keine wortlosen Ekstasen, sondern nachdenken. Klären. Erkenntnis!

Viktor! Plötzlich bekam alle Schrecklichkeit eine menschliche Dimension. Das Gewirr des Vorteils. Das Gute geschah auch in der Hölle, weil es doch den Vorteil gab. Die politisch programmierten Todfeinde nützten einander zum Hohn der Gutgläubigen, ewig Irregeführten.

Witsch hat vielen geholfen. Jetzt wurde ihm geholfen, diesem Ungustl, diesem ekelhaften Menschen.

Viktor, wo bist du? Viktor, bring mein Gehirn in Ordnung! Adam wartete auf die Amis und auf Post aus den Staaten. Als sie eintrafen, die Amis und die Post, erfuhren wir, daß Viktor in New York war, und Adam machte viele Wege, um mich, Richard, Witsch und sich selbst hinüberzubringen. Olga sollte bei Basti bleiben.

10. Kapitel

New York! Ich war hungrig nach neuen Dimensionen. Die kleinen gotischen Kirchtürme unter den riesigen Blöcken der Wolkenkratzer waren die Illustration eines neuen Bewußtseins. Gott wohnte eng unter fremden Menschen.

Nachts waren die Fenster weit geöffnet. Die Türen in der Wohnung auch. Es zog nicht. Die Luft stand still. Gegenüber nahm ein Hochhaus die Sicht. Im Hochsommer hatten nachts die Leute nirgendwo mehr ein Nachthemd an. Gespenster, die ruhelos nicht schlafen konnten, weil es so heiß war. Schweiß klatschte die Stoffe an die Leiber. Um die Ecke ging der Blick auf den Platz, in den sich die Gasse öffnete, und dort hockte die steinerne Kirche inmitten von ein paar Ahornbäumen. Die Luft stockte.

Kapuziner kommen in ihren Kutten aus der Kirche, haben ihre Kapuzen über den Köpfen. Der erste drückt lüstern meine Schenkel auseinander in den Spagat und alle defilieren, um mich so daliegen zu sehen. Blicke heizen die heiße Sommernacht. Glut. Sich vorstellen, daß die Kapuziner schwitzen! Ich rieche sie. In meiner regungslosen Aufregung treibe ich Unkeuschheit neben Adams Leib – rüttle am Universum. Adam wacht nicht auf, was mich wahnsinnig macht, aber was ich mit dem Zeigefinger beginne, läßt mich zunächst reglos. Das Ticken in der Klitoris will ich haben – ja und ja – ich platze in der Erektion meines ganzen Systems und halte die Gedanken klar. Es pocht und pocht. Adam legt halbschlafend, vielleicht schläft er ganz, eine Pratze auf mich. Da ist es aus. Ich schreie laut, seine Stange steigt steil, und ich stülpe mich drauf.

So waren wir denn in einer »großen«, »schönen«, aber verwahrlosten Wohnung. Sie gehörte Adams Freunden Ossi und Jenö, welche auch aus Wien stammten und dieses Domizil einem Zufall verdankten. Es gehörte einem Immigranten, der eine Straftat absaß. Jedenfalls, Viktor war nicht da, der war anderswo, und ich durfte Adam nicht verärgern, indem ich nach Viktor fragte. Ein Hubschrauber hatte uns von Long Island auf das

Dach des Nebenhauses gebracht. Auch wir hatten eine Art Terrasse, zugeräumt mit zerborstenen Blumentöpfen, Gießkannen, Katzenkörbchen, Verpackungen, Palmen, Kakteen und schäbigem Gesträuch. Kaputte Sachen ohne Poesie. Kein alter Hausrat, keine Kramuri, sondern vergammelte Dekoration – das verlassene Atelier eines Fotoreporters oder Reklamemenschen. Ossi und Jenö waren zwei Rechtsanwälte, aber hier machten sie Reklame – es fanden sich die Bilder. Damenunterwäsche, Krawatten, vor allem Strümpfe. Der neue Traum: Nylons! Wir kamen per Schiff und Hubschrauber in das stimmungslose Quartier, und ich träumte doch von einem Alltag, einem gültigen Leben. Ich versuchte, Gemütlichkeit zu inszenieren. Ossi und Jenö halfen mir dabei. Ossi war dick, und Jenö war dünn, außerdem Graf, beide waren kahl, was mich zärtlich an Viktor denken ließ. Zwei Vierzigjährige, aus ihrer Karriere gerissen, fotografierten sie hier Modelle in Höschen und BHs. Ich richtete die Küche mit beiden ein und kochte, was sie herbeibrachten. Gutes Essen vor allem für Adam, dem ich dankbar war. Ich fand in Regalen Engelhorns Romanbibliothek und deutsche Ullstein-Romane, aber Adam sagte: Mit Milieu und Romanen, mit Literatur ist es zunächst aus, auch mit unseren Vorurteilen.

Was Adam mit Vorurteilen meinte, wurde mir bald deutlich. Wir hatten uns einzufühlen, uns zu fügen. Er ging oft seiner Wege, lebte nicht eigentlich mit uns, brachte uns nicht, mich nicht mit Viktor zusammen. Er schien Probleme auf der Börse zu haben, war schweigsamer als drüben bei uns zu Hause.

Richard hatte fallweise einen Job, als einer, der vom Flugzeug aus Insektengift versprüht. Meistens saß er unzufrieden herum. Jenö zeigte sich sehr lieb zu Richard, und Richard hatte nichts dagegen. Das brachte nur ganz geringe Spannungen mit Adam, der intelligent war, in allen seinen Lastern – er setzte sie behutsam ein.

Viktor weiß, daß du da bist. Wenn er will, wird er schon kommen oder anrufen, sagte Adam. Wir schliefen alle miteinander, wie es sich fügte, aber das Animo war nicht dasselbe wie im Kriege, wie in der Gefahr, mit Ende und Untergang vor Augen. Jetzt kokettierte jeder von uns mit der möglichen Zukunft. Was für eine Zukunft denn? Was konnte sie mehr bringen als Zügellosigkeit? Ich weiß darauf auch heute noch keine Antwort. Mir waren alle meine Mitbewohner lieb. Eine Urhorde, befand Ossi. Seine kleinen braunen Äuglein erstickten im Wangenfett. Die Bäckchen glänzten wie das berühmte Äpfelchen. Wir buken Strudel und fotografierten einander. Das wurde zum Sport und daraus dann die Vorstellung, eine Arbeitsgemeinschaft zu bilden. Wir könnten Sexfotos machen und verkaufen. Nichts Grobes und keine Schweinerei, aber deutliche Zärtlichkeit. Wir fanden die lebenden Bilder, die wir stellten und fotografierten, harmlos und lustig. Die Lust an Blut und Gewalt verstand ich in einem Winkel meiner Seele zu gut, um sie zu forcieren. Scheinheilig war ich nicht, aber ich bedurfte wie alle Menschen sanfter Ruhe. Ich stellte Kulissen aus Plakaten und nackte Menschen lebendig hinein. Unsere Lust braucht keinen anderen Effekt als sich selbst, und der Schmerz ist ihre Grenze. Ich dachte an sachlichen Sex.

Also drehte ich an Ossis Schwanz zu rein künstlerischen Zwecken. Objektivieren, relativieren! Au, sagte Ossi, und ich bat ihn seines Mundgeruchs wegen zum Zahnarzt zu gehen. Er suchte sich tatsächlich einen Zahnarzt und schenkte dem ein paar Abzüge als Honorar für ein repariertes Gebiß.

Wir ließen stramme Ärsche aus einer blühenden Wiese glänzen. Margeriten und Narzissen als Hinter- und Untergrund, wenn geschleckt und gestoßen wurde. Ossi als lüsterner Teufel in einer mittelalterlichen Hölle. Ein schwarzes Büschel Schamhaare entwickelte sich aus einem Vergißmeinnichtfeld. Adam fand das alles haarsträubend kitschig, aber Ossi war sicher, es gut zu verkaufen. Er, Ossi, brachte mich darauf, unter den Kunstwerken des Manierismus nach Motiven zu suchen.

Jenö sah gut aus, hatte aber Vorurteile. Er ließ sich nicht fotografieren. Er bewahrte sich auf. Er war romantisch. Aber Richard gefiel ihm, und so blieb er bei uns. Jenö hatte einen Bruder im Kunsthandel und stand in Analyse. Ich kam mir gar nicht so fern der Heimat vor.

Jenö grollte uns, weil wir ihm seine Homosexualität auf den Kopf zusagten. Er wollte nicht davon reden. Ich sah nicht ein, warum nicht.

Es ist doch nur eine Erweiterung der Möglichkeit, mit dem Körper zu spielen. Ich nahm ganz stur zunächst einmal alles hin. Ich wies es weit weg von mir, mich angeekelt oder schuldig zu fühlen, wenn ich Unübliches wollte. Alles Denken fälscht: Ich will keine Wunschträume und keine Wünsche. Keine Richtlinien und Illusionen und keinen Glauben an die Möglichkeiten von Situationen, die einander ausschließen, keinen Glauben an Sicherheit. Darum liege ich da und hadere mit Richard, den es verlangt, Liebe zu fühlen, um an einer Fut oder an einer Eichel zu lutschen. Wir sind jung und reizbar genug, um Blutstöße in die betreffenden Organe zu provozieren, wenn wir uns erleichtern wollen, auch ohne Liebe – sogar leichter ohne. Oder wie dem auch sei, wir sind appetitlich und reizbar für jede Art von Berührung. Zum Kuckuck, wenn ich mit aller nur möglichen Qual und Sehnsucht an Viktor denke, so hat das nichts mit seinem Schwanz zu tun. Nichts.

Adam kommt mit einem Strauß von rosafarbenen Federn. Mir treibt es die Tränen in die Augen. Ich fange prompt an, das Vieh zu lieben, dem man es ausgerissen hat, das sich solche Federn wachsen ließ, und dem man sie

ausreißt. Adam kitzelt mich mit solch einer Feder, und mir schießt die Hitze in die Scheide, und ich sauge den Stiel der Feder ein, mit der er mich kitzelt.
Ich lege seinen runden weißen Stab an die Tür, um meinen Eingang zu schmieren. Richard sieht es, erhitzt sich mit kaltem Blick. Der Zippverschluß tut ihm weh, er muß die Hose lockern und kapituliert. Wir lachen. Adam und ich sind fröhlich, Richard ist bitter, aber er läßt erleichtert stöhnend Adam gewähren. In mir zuckt der rosa Federstiel, und ich furze zart. Das Fenster ist offen. Die dünnen Spitzenvorhänge blähen sich in der Zugluft. Wir sind hoch oben, im siebenundzwanzigsten Stock. Und doch sitzt eine Taube am Fenster und schaut uns zu.

11. KAPITEL

Eine Frau kommt zu uns in die Wohnung und wird von Adam, der ja sonst kein besonders zärtlicher Mensch ist, in die Arme geschlossen. Er küßt sie auf die Stirn und lange Zeit andächtig auf den Mund. Es ist eine rote Blume in einem schwarzen Gesicht. Der wirre Krauskopf verbirgt uns zunächst ihre Augen. Es kann doch nicht sein, daß diese Wimpern in ihrer ganzen Länge echt sind. Mich alarmiert das alles, noch ehe ich ihre Figur sehe. Ganz dünn und geschmeidig ist Esther, die Adam mit flachen Händen an sich drückt. Esther hat in Wien bei mir studiert. Das ist zehn Jahre her. Ihr Papi hat schon viele Enkel und führt hier eine Sekte.
Esther sagt: How do you do, und küßt mich auf die Wangen, links und rechts. Eva sucht ihren jüdischen Geliebten, sagt Adam. Und ich sage: Viktor ist mein Geliebter. Ich bin wütend. Ich bin oft wütend. Ich bin wie ein Tier in einem Käfig, das die Gitterstäbe nicht

wahrnimmt. Es war plötzlich so wie vor vielen Jahren, als eine Vinca mit mir in die Klasse ging. Die schwarze Vinca, schwarzhaarig und schwarzhäutig, lebte als Fünfzehnjährige frei und gut dotiert in einem Stadthotel. Eine schwarze Nonne, eine Tante und Betreuerin, tauchte nur ab und zu aus einem koptischen Kloster auf und brachte Geld. Vinca, reif und selbständig, hatte dieselben Schwierigkeiten in Mathematik wie ich, und wir fielen beide durch. Sie lud mich auf einen Drink ins Sacher ein. Auf ihrer Haut wuchsen keine Sommersprossen, das war Samt und Seide, wie bei Esther.

Esther sagt mit einem so offenen und ehrlichen Blick zu Adam, daß es wie Theater aussieht: Warum erzählst du es Viktor nicht, daß hier eine Frau nach ihm sucht? Adam sagt beiläufig: Viktor weiß es. Ich habe Adam noch nie so verärgert gesehen. Esther spürt es auch und lacht: Das geht uns nichts an. Was die zwei miteinander haben, ist top secret.

Esther redete so selbstbewußt wie damals Vinca. Ich schrumpfte neben ihr. Sie mußte einen reichen und mächtigen Vater haben. Sie schrieb über die Beninkultur! Sie dachte

»analytisch« und war eine Intellektuelle, wie ich es nie sein konnte.

Ich bin nicht nur ein dummes blindes Huhn, ich bin von allen Göttern verlassen. Da werde ich nun in einem fremden Erdteil wie ein Karte ausgespielt. In meinem armseligen Hirn, mittellos in der Geldtasche, konnte ich mir über diesen Krieg hinweg nicht denken, daß für Adam Amerika nur um die Ecke gelegen ist. Und wohl auch für Viktor. Schlagartig geht mir ein Licht auf. Viktor ist schon in Wien Analytiker gewesen, Adam braucht ihn wegen seiner Satyriasis – wollen wir es einmal so nennen. Auf die Idee, daß einer mich liebt, kam ich ja nicht, seit Leitschi. Ich müßte erst wissen, was Liebe sein soll. Aber nun hat Adam es ja nötig, mich und Viktor auseinander zu halten.

Viktor will dich nicht sehen, sagte Adam.

Ich erschrecke, fange mich.

Oh, denke ich, das wäre ein gutes Zeichen. Warum meidet er mich? Immerzu meidet er mich! Warum habe ich plötzlich das Gefühl einer Hoffnung? Was für eine Hoffnung? Daß er mich scheut, ist keine Hoffnung.

Was tue ich hier, sage ich.

Was tätest du in Wien? sagt Adam.

Esther schaut mich an, als hätte sie in beiden Händen Zangen und Pinzetten, um mich auseinanderzuklauben.

Hören Sie zu, Esther, so wie es aussieht, kennen Sie Viktor.

Oja, sagt Esther, er sieht enorm gescheit aus! Superklug! Ein Typ aus 1900. Ein dicker Freud.

Ich weine, und Adam nimmt mich in seine Arme. Ich strample mich los und laufe in die Küche. Dort rührt Ossi das Gulasch um. Das riecht nach zu Hause. Solltest du Heimweh haben, fragt Ossi, weil du das sagst? Was ist Heimweh? Ja, wahrscheinlich habe ich auch das. Überhaupt weiß ich nicht, was ich habe. Ossi, ich bin verzweifelt. Warum meidet mich Viktor.

Weil du eine Schickse bist.

Großer Gott!

Und du? Und Witsch? Hitler und Himmler, was geht mich das alles an! Habe ich hundert Leben? Ich habe nur eines!

Es geht dir ja nicht schlecht, Eva.

Es geht mir überhaupt nicht.

Richard gibt mir seine Whiskyflasche, und ich nehme einen ausgiebigen Schluck. Esther kommt mir nach, um mir gut zuzureden, aber ich reiße ihr die Bluse auf, um mir den wunderschönen schwarzen Busen anzusehen. Er ist so glatt, und die Wölbung dennoch so lebendig warm und die Zitzen daran schwarz und derb, nicht zart und weiß und fleischlich, wie meine, sondern eine feste starke Sache, ein Gegenstand, und ich fühle Neid und sehe zu Adam hin, der so oft meine blassen Warzenhöfe eingesaugt hat, und sehe ihn an diesen politierten Kugeln hängen und schreie betrunken und werde lauter und lauter. Dann weiß ich nichts mehr.

Ich bin außer mir. Richard taucht aus seiner Apathie ganz auf und will endlich wissen, was es mit Viktor auf sich hat, der immer in unseren Gesprächen erscheint. Da stößt Jenö die Tür auf und trägt eine riesige Vergrößerung vor sich her. Auf einer bunten Almwiese besteigt ein mächtiger Stier eine Kuh – eine Art Disneyland-Stier und eine naturalistische Kuh. Ein Hintergrundbild. Für uns hat das längst keinen Witz mehr, es ist harte Arbeit auf Wirkung und Genauigkeit hin. Ossi grinst und sagt, Viktor will mit uns nichts zu tun haben. Was weißt du von Viktor? Das ist mehr, als ich ertrage, daß Ossi sich da auch orientiert zeigt, und da sagt er noch: Ich bin mit Viktor herübergekommen, und beide verdanken wir das Affidavit dem Adam. Wußtest du das nicht? Jetzt geht es darum, den Witsch loszuwerden, dem wir eigentlich alles verdanken. Der ist ein Faschist, nicht wahr? Richard hebt den Kopf und ist mit einemmal neugierig. Ossi spielt mit meinem Rocksaum, schiebt ihn gedankenlos hoch. Manchmal bin ich empfindlich, ich weiß nicht warum, und hau ihm fest auf die Hand. Siehst du, schreit Ossi, sie ist Antisemitin.

Ich such mir nur meine Spielgefährten selbst aus, schrei ich ihn an.

Ich verberge hinter dieser schnoddrigen Bemerkung eine Peinlichkeit, die wir fühlen. Ossi und ich, wir beide schämen uns, das Regime des Verbrechens überlebt zu haben. Wir haben nicht die dicke Haut – was geschehen ist, lebt in uns weiter. Unser Recht aufs Überleben ist uns nicht so selbstverständlich, wie es Adam ist. Wenn wir beide, Ossi und ich, zusammen sind, steigen Bilder auf, die wir sonst schamhaft vergessen. Züge und Planwagen, vollgestopft mit Mitmenschen zum Abtransport! Wir haben uns verdrückt. Das hängt uns nach.

Mit Ossi und mit allen war ich Opfer.

Adams Opfer? Wie auch Viktor. Diese Empfindung ist so kompliziert, daß ich mich ihrer schäme. Es ist die Scham über die menschliche Bestialität im weiten Umfang – eine Scham, die nichts mit Lust zu tun hat, eine Scham, die meine und alle Lust tötet – und ich brauche Lust, eine ganz und gar nicht perverse Lust, um zu leben. Nicht die satanische – meine Lust ist lustig –, auch wenn sie mit dem Risiko spielt.

12. Kapitel

Manchmal träume ich von einer Hochzeit, die traumhaft meine ist. Sauber, sauber, konsequent und perfekt, wie es sich gehört. Gehe ich, gehen wir die Straße hinauf durchs gotische Portal? Zum gotischen Altar: und weiß und rein – auf rein kommt es an – steht da der Priester und bereitet sich zum Segnen vor. Witwer sind Adam und Basti. So ist es. Sie haben ein gemeinsames Bett im Club, jeder für sich, Adam und Basti, und auch sonst überall breite Betten: überall Erholung. Sitte sorgt für sich. Sitte geht herum, römisch bekränzt, bacchanalisch, und ich bin weit weg vom Altar. Ein dunkler Engel hebt mich an Adams Seite.

Ossi und Jenö arbeiten mit der Kamera, stellen Versatzstücke zusammen. Ich hocke mich auf die Terrasse, unter die Drähte, und denke mir aus, was ich Viktor sagen möchte. Ich will ihm sagen, daß ich bodenlos bin, gar nicht negativ oder destruktiv, eben ja, negativ und destruktiv, weil ich mir all seine Vokabeln in den Arsch stecke, in die Haare schmiere. Ich habe eben kein Ende, keinen Boden, keinen Stellenwert, eben nichts von dem, was immer er benennt. Ich krieche, mit Viktor in Gedanken, zu Adam unter die Decke. Adam atmet tief und betrunken, kriegt einen Steifen. Ich bin nicht normal, warum sollte ich normal sein? Ich nehme Adams seidiges Ding in den Mund und setze mich dann doch darauf, als er sich auf den Rücken wälzt. Ich glaube, daß es heiß aus ihm schießt, aber ich kann es nicht fühlen, weil es mich schleudert und ich es nicht fertigbringe, mich zu beobachten. Ich glaube nur, daß ich mich aufstöhnen höre.

Ich denke an den Ku-Klux-Klan, an eine Reihe von Männern mit Kapuzen, die aus der Kirche kommen und mich oben auf Adam ausgespreizt liegen sehen, und die sachlich daran gehen, nacheinander in mich hineinzuspritzen. Dieses klebrige Meer, in dem ich erschöpft, aber nicht gesättigt zurückbleibe und Viktors Absolution erflehe. Richard geht aufs Klo, ohne uns zu beachten, und die Kakerlaken krachen.

Ich kann es und übe es: außer mir zu sein

und alle um mich herum auf ihren Höhepunkt zu bringen. Ich will, daß sie kippen, vornüber, hintenüber, ins Singen und Lachen, ins stöhnende Genießen. Wie steht es mit denen, die sich bewahren? Wofür bewahren?

Esther! Da gibt es also Esther, und daß es eine Frau gibt, die mir das Wasser reichen kann, eine viel, viel schönere Frau, als ich es bin, schon von der Glätte und Farbe der Haut her schöner und ach so feingliedrig schmal, vollkommen an den Gliedern, muß das denn sein, daß ich eben ein gewöhnliches, gesundes Stück Mensch bin, kräftig und weißhäutig, so ordinär gesund? Ich bin, wie ich bin, mit einem fröhlichen Kontakt zu den Schwänzen. Immer ein Negativ, ein saugendes Vakuum, ein Loch, eine Nut, eine Fut, das Ergreifende, das Umgreifende, der unergründliche Abgrund, den kein Stoppel je füllen kann!

Adam ist so stolz darauf, daß es aus ihm spritzt. Aber bin ich das auch? Die ewig Unverstandene bin ich. Das ist klar. Ich weiß, daß es so sein muß. Viktor, aber du weißt warum, denn du lernst bei der Frage, was das Weib will. Ich meine, es muß ein Ziel und ein Ende haben, ich meine ein anderes als den Verbrauch. Die Müdigkeit ist ein Sinn, der zum Verzicht führt, bleibt die Frage der ewigen Wiederkehr. »Freut euch des Lebens, wenn noch das Lämpchen glüht, und pflücket die Rose, eh sie verblüht«, sang schon meine Großmutter.

Wir hatten einen heiteren Nachmittag. Adam schrubbte unbekleidet, und Ossi bediente in Kragen und Krawatte die Kamera. Ich bestand darauf, daß Adam seinen Bart rasierte. Ich sagte: Ich will keinen Hemingway, keinen Rübezahl, keinen Heinrich den Achten, keinen Professor, sondern einen glatten Diplomaten. Er tat, was ich wollte, wenn es mich auf Touren brachte. Der Bart fiel, und er kaufte teure Schuhe für sich, braun und weiß-schwarz, rahmengenäht von einem österreichischen Schuster. Er kannte hier auch viele k.u.k tschechische Schneider. Es gab überall ein Wien für die k.u.k Aristokraten, Adam war überall zu Hause. Er war sehr befreundet mit einer jiddischen Mamme. Ella, die Ritschat kochte und Mazzesknödel und einen Leberaufstrich, an dem ich mich krank aß. Wo befanden wir uns? In der Leopoldstadt, im zweiten Wiener Gemeindebezirk? Oder wo?

Richard wollte nicht, daß Heidi uns besuchte, und sie wollte das auch nicht. Ich lud sie dennoch ein, als Adam mit Esther nach Connecticut fuhr.

Sehr kalt war es nicht. Heidi hatte Glück und konnte noch in ihrem Ozelot aufkreuzen. Sie kam, weil sie nicht wollte, daß ich bei ihrem Mann erscheine.

Ich fragte nach Steven.

Was darf mich mein Schwiegervater kümmern? Du siehst gut aus!

Du auch, Heidi, schön bist du!

Na also!

Heidi sah sich um: Wozu braucht ihr diese Palme. Die ist ja echt.

Manchmal spielen wir Hula Hula Hawaii.

Heidi bemerkte die Studiolampe, die Kamera, die nackten Frauen, abgelichtet von vorne und von hinten. Männer in Aktion. Es waren schöne Bilder, ich wollte nur gute, schöne Bilder.

Mein Gott! Offenbar erwärmte sie sich. Sie zog den Ozelot aus und suchte einen passenden Platz für das edle Stück.

Es ist alles abgewischt und gesaugt, Heidi. Sauber!

Wer ist dieser Adam, Graf Wszelnicky?

Ein Freund. Sag mir die Telefonnummer von Viktor. Sag mir, wie er sich hier nennt. Blum oder Reiter oder wie sonst?

Ich weiß es nicht. Ich mag es nicht wissen. Ich will zu Viktor.

Sie sagte darauf: Deine Beine sind dicker geworden.

Ich sah mir daraufhin ihre Beine an, die sie schräg in Position brachte: lang, klassisch geformte Knöchel, das Knieskelett ließ mich neidisch werden. Eine Skulptur in feiner Verpackung.

Meine Beine sind nicht dicker, ich bin mindestens so dünn wie du, und ich habe noch nicht geboren.

Du hast immer noch Kinderbeine, sagte sie, lieb ist das, so tapsig!

Wir maßen uns und schätzten unseren Wert. Tolle Objekte, reizte ich.

Eben, sagte Heidi, darum habe ich mich aus dem Verkehr gezogen, zuviel Konkurrenz. Bin als Mutter in Funktion. Auf dem Broadway zeige ich dir in einer einzigen Minute fünfzig schöne Frauen, ich schwöre dir das. Ehrlich, Eva, du bist auch nicht glücklich.

Sag mir zuerst, was du dir darunter vorstellst. Zufrieden will ich gar nicht sein, und du bist es offenbar auch nicht. Dir ist fad.

Ist doch alles Quatsch, sagte Heidi und begann, sich auszuziehen. Man braucht auf nichts zu verzichten, um alles zu haben. Du kannst auch als Mutter mit zehn Kindern glücklich sein und einen Mann zugrunde richten.

Offenbar wollte sie das. Sie stand nackt da und wußte genau, daß Ossi in der Tür Fotos machte. Sie genoß es. So fortschrittlich, wie ihr seid, bin ich schon lange. Ich lade euch alle ein, sagte sie und spreizte ihre rosafarbenen Beine. Sie hatte sogar den Ozelot auf den Boden geschmissen, um sich darauf zu legen: das äußerste an Luxus und Angebot. Zuviel von allem, sagte Ossi, der einzige, der außer mir das wahrnahm.

Ich wußte schon, daß Heidi imstande war, die Situation richtig zu genießen. Ossis gelangweilte Abwehr schien nackte Angst. Spielt nicht so mit euch selbst, Mädchen, tut es nicht, sagte er.

Hilf uns, ein neues Spiel zu erfinden, Heidi möchte sich in eine verzweifelte, irre Stimmung steigern. Sie spielt sich in ein Toben.

Das ist hier leichter als zu Hause: sich entfesselt geben. Ach, sie ist es nicht, und ihr seid es auch nicht. Wie mein Bruder Richard. Hier sitzt er und achtet darauf, daß er nicht ausflippt. Aber ich kenne ihn als Tunte, auch wenn er es leugnet. Auch mein Mann hat Angst vor Frauen. Alles Onanisten. Aber ist es nicht egal, was du bist? Laß dich anschauen, angreifen! Richard stößt Heidi von sich. Dieser Adam, kreischte sie, er ist bei uns gewesen, er ist auch bei Viktor gewesen. Was hast du nur an dir, was gefällt ihm? Er wollte uns als deine Freunde kennenlernen. Er ließ meine Tochter auf seinen Knien schaukeln, wie das ältere Herren so gerne tun. Er ist eine Sünde wert, flüsterte sie.

Ich schrie sie an, sie solle Ruhe geben. Du bist verheiratet, das soll dir genügen. Adam kann nicht der Vater von allen sein. Esther hat auch ihren echten Papa, laßt mir den Adam!

Der pure Inzest, kreischt Heidi fröhlich, und Richard erhebt sich, um die Rumflasche wegzutragen. Die Damen haben die Coca zu hart getrunken, sagte er.

Ihr seid ja alle nicht mehr ganz da, sagte Ossi, und hält die Rumflasche gegen das

Licht. Sind wir hier ein Bordell oder ein Wirtshaus? Wirf eine Decke über Heidi. Vergiß dich nicht, du hast Töchter.

Was will denn dieser komische Vogel? Natürlich vergesse ich mich. Ich habe meine Schäfchen im Trockenen und will mich amüsieren. Ehe sie die Bombe schmeißen, lebe ich noch.

Es nützt nichts, wenn man tut, was man will, sage ich, wenn die anderen es nicht auch wollen. Richard legt Sweet Chariot auf. Er weiß, daß Ossi dabei weint. Ossi kann ganz innig sein, es ist nicht zu glauben. Richard ist wie immer voll Bitterkeit. Ich halte das nicht aus, schreie ich und renne Adam in die Arme, der gerade eintritt. Er kommt und geht. Jetzt ist er da, Gottseidank!

»Goym naches«, zuckt Ossi mit beiden Schultern.

Es ist schade um die Menschen!

Adam lacht.

Das nächste war, daß Heidi und Esther einander näher rückten und Freundinnen wurden. Spielten sie die Überwindung der Rassenideologie, probierten sie das aus? Teilten sie Ideale? War es ihnen selbstverständlich? Umsomehr, als sie mich ausschlossen.

Ich nahm Esther zuviel von Adam weg, und Heidi fand, daß ich es besser hätte als sie. Sie beneidete mich tatsächlich darum, daß ich überall draußen stand. Nicht Jud, nicht Christ, nicht Ehefrau, aber auch nicht Prostituierte – ich selbst hätte mich eine Liebhaberin genannt, wenn denn bezeichnet werden soll.

13. Kapitel

Ich spazierte mit Ossi auf den Platz, wo schwarze und weiße Kinder miteinander spielten – ein schäbiger Spielplatz mit armseligem Gesträuch, ein Asphaltplatz, ein Beserlpark in New York, mit einem Gitter vor der Straße, vom Verkehr schlecht geschützt. Ich sollte also jetzt Viktor aufsuchen – ich wußte, wo er arbeitete und wohnte. Jetzt aber wagte ich es nicht. Heidi sagte, er hätte sich verändert, sei grau geworden, unsportlich mit hängenden Schultern, ein Gelehrter. Er reagierte im Gegensatz zu seinem Beruf schamhaft. So, wie du lebst, das würde er übelnehmen. Er ist verhemmt, und das ist vielleicht der Grund, warum er anderen Menschen die Scham aufbricht. Freud war auch prüde.

Heidi machte mir Angst vor Viktor. Die Analyse ist modern hier – und wie! sagte Heidi. Jeder läßt sich das Innenleben aufdröseln. Mich schreckte und fesselte das nach Jahren des unfreiwilligen Erlebens, und Ossi sagte mir, daß sogar Adam sich von Viktor analysieren ließ und darin seine Bindung an mich ihre Wurzel hat. Auch Witsch ging regelmäßig zu ihm und ließ sich bei seinen Potenzängsten helfen. Für ihn würde ich mich nie ausziehen.

Ich möchte wieder einmal wissen, ob ich Viktor liebe, weil ich immer an ihn denke. Aber ihn nicht hier bei uns haben will. Sollte ich mich schämen? Die freie Liebe! Eine Einschränkung ist unerträglich. Die Feinheiten einer Sitte will ich nicht verstehen. Wer oder was will über meine Bedürfnisse herrschen? Ehe, Staatsräson sind Verkrüppelungen des Gefühls.

Ossi, verstehst du mich?

Ich bettle darum, daß er mich versteht.

Er wackelt zweifelnd mit dem Kopf und sagt: Du bist vielleicht doch nicht allein auf der Welt. Esther und Heidi sind mir schon zuviel. Aber ich weiß, daß ich sie nicht verletzen darf. Nicht, weil Kirche oder Staat es nicht wollen, sondern weil sie sich rächen würden. Man teilt keine Schläge aus, ohne welche zu bekommen.

Ossi, sage ich: Ich will niemandem weh

tun. Auch Esther nicht. Darüber möchte ich mit Viktor sprechen.Ich will, daß er mir recht gibt.

Ossi zuckt die Schultern und faßt mich fest um die Hüften. Wir haben uns gern und schlafen hin und wieder miteinander. Ihm ist aber das Zusehen lieber, und das darf er.

Du schaust zu, Ossi, bist erregt, es kommt dir dabei ganz angenehm, aber nie ist es das Eigentliche, du erleichterst dich auf manche Art, aber es bleibt ein Rest.

Zum ersten Mal in meinem Leben bin ich unglücklich – ich, nur ich. Die Ursache ist kein Hitler und kein Krieg und kein Umstand. Ich für mich allein verzweifle, weil es Esther gibt, die schöner ist als ich.

Ich will es nicht und weiß, daß es einfach kindisch ist. Ich sehe Grenzen. Ich kann nicht so dumm sein wie Heidi und nicht so schön wie Esther. Darunter zu leiden ist absurd. Ich neide Esther die Schönheit und Heidi die Kinder. Diese Erkenntnis nimmt mir die Unschuld, die Freude an den Menschen und an den Situationen. Wer bin ich denn, wenn Esther Adam besser gefällt? Wo bin ich, und wo bleibe ich, wenn ich nicht neben ihr bestehen kann?

Was für ein poetischer Blödsinn, daß Liebende sich vereinigen, wenn sie sich ineinanderstecken – die Vereinigung geschieht nicht durchs Ficken. Das ist nur ein vergnügliches Spiel. Ich bin nicht eifersüchtig, weil ich Adam liebe. Ich bin eifersüchtig, weil Esther mir gefällt. Besser, als ich mir gefalle, und ich würde sie Viktor schenken, weil sie mir gefällt. Ich denke mir die beiden zusammen und bin glücklich, daß es sie gibt, aber ich möchte Esther ebenbürtig sein.

Ich möchte.

Ich treffe Esther in einem Haus, in dem viele dunkle Menschen wohnen. Durch ihre glatte, makellose Haut sind sie wie Kunstwerke. Auch die übertrieben dicken Lippen reizen. Einer ihrer Brüder hat Nüstern wie gemeißelt. Seine Gelenke streiche ich ganz andächtig, und er schämt sich. Ich muß weinen. Er heißt Ephraim. Als Esther das Zimmer verläßt, läßt er mich seine Erektion sehen und faßt, über die Schale mit Früchten hinweg, lächelnd nach meinen Brüsten. Er ist ein sehr schlanker und kindlicher Mensch. Wir seufzen beide und halten still. Adam kommt, und ich weiche von Ephraim zurück. Der Straßenlärm ist von fern zu hören, und an der

Wand hängen die Öldrucke, süße Nazarener, lauter Heilige. Manche sind dunkelhäutig. Esthers Vater betreibt einen Großhandel mit Farben und Tapeten.

Aus dem Gefühl allergrößter Neugierde heraus kam der Augenblick, da ich Heidi aufsuchte, ohne vorher anzurufen, ohne Ankündigung. Ich dachte an Heidi, an die Luft, die wir zusammen atmeten, die sie jetzt atmete, die auch um sie war, als sie uns besuchte. Ich schnupperte bereits ihr Milieu auf den schmalen Stufen des alten neuenglischen Hauses, die hinter der Eingangstür weiter in eine Maisonette hinaufführten, sauber und solide tapeziert, mehr als hierzulande üblich, gewachste Stufen mit Teppich. Eine Puertoricanerin in blauer Schürze, ausgemergelt und vergilbt, öffnete. Ich sah den Körper durch das Kleid, trocken in den Gelenken hängend, ein Jungtier. Und ich empfand Zärtlichkeit. Weiße und bunte Stoffe, ein Klavier und ein Kamin und Zimmerpflanzen, wie eben bei wohlhabenden Leuten – eine Gemütlichkeit, die man stellen kann und sauber halten. Heidi schrak vom Klaviersessel auf und sagte, ich übe nur. Warum hast du nicht angerufen?

Kennen wir einander nicht gut genug?

Dir geht es also glänzend, sagte ich. Ich wollte ihr plump kommen. Ich wollte ihr schlechtes Gewissen schüren.

Warum schämst du dich eigentlich immer noch?

Du bist daran schuld, weil ich weiß, was du denkst.

Ich frage, was dich das alles hier kostet?

Ich sage dir, was du hören willst, daß ich mich langweile.

Das ist üblich.

Ich bleibe spröde und schaue sie an. Sie gibt mir den Blick zurück und sagt zur Puertoricanerin: Bring Joseph.

Das junge Knochengestell trägt in dünnen Armen ein winziges Kind herbei, und die liebe Heidi in ihrem modischen Glockenrock beugt sich graziös darüber: das dritte, das letzte. Sag nicht, daß ich nicht fleißig gewesen bin.

Winzige Ärmchen strecken sich mir entgegen. Sie sagt, es gibt keine Frauen, die keine Kinder mögen. Was sie nicht mögen, ist Mühsal.

Adam ist schon vielfacher Vater, sage ich blöde.

Richard sieht sehr gesund aus, sagt sie ebenso blöd.

Etwas Zeit habe ich noch.

Ich war hergekommen, um eine bürgerliche Ehe lächerlich zu machen und zu verspotten. Ich war neidisch. Ich fühlte Neid. Die Puertoricanerin kam mir vor wie eine Tempeldienerin, sie brachte eine silberne Teekanne und eine Kristallschale mit Kuchen und Konfekt. Heidi sah entsetzlich kitschig aus in ihrer Süße, mit dem Kleinkind auf dem Arm. Ich hatte eine irre Lust, die pralle Haut zu küssen, die nackt aus dem Rüschenkleid leuchtete. Ist Joseph schon zimmerrein? fiel mir als blöder Scherz ein zu fragen.

Nein, das wohl nicht. Heidi lachte und klatschte auf seine nackte Backe. Joseph fühlte sich gereizt und spritzte auf den Teetisch. Heidi nahm das als eine Leistung hin und lachte. Ich war befangen. Ich war geschlagen. Mir blieb nun wohl nichts anderes übrig, als etwas zu wollen und zu provozieren. Ich wollte haben, was Heidi hatte.

Du hast drei?

Ja, nacheinander, um es hinter mich zu bringen. Anita ist fast sechs Jahre alt. Dann zeigte sie die Fotos. Vom Landhaus, vom

Boot, von Anita, von Stephan. Und was macht Steven? Ich merkte, daß Heidi von ihm nicht reden wollte.

Ich verhüte nicht mehr. Ich werde Kinder bekommen. All das dachte ich, und mir war um mehr Nähe und Wärme zu Heidi zumute. Ich legte meinen Arm um sie und küßte sie auf den Hals. Sie nahm es umfänglicher und stieß mich vor die Brust in aller Geilheit, stubste ihr Knie in mein Zentrum und nahm keine Rücksicht auf die Puertoricanerin. Diese ließ uns ihr Zünglein sehen. Sie ist schon sechzehn, sagte Heidi, sie sieht nur aus wie ein Kind. Sie ist gerne bei uns, es geht ihr gut.

Sie heißt Seraphina und wird von Heidi auf den Mund geküßt.

Und dein Mann?

Er ist ein Fisch.

Wir nehmen Tee zu dritt, und Seraphina holte noch Schinken und Kekse in Packung und Papier herein.

Bring auch noch vom Selbstgemachten! Und einen Bourbon bring auch.

Heidi küßt mich zeremoniös.

Ach Heidi! Ich sage es froh. Du bist die alte geblieben.

Nein, sagt sie, aber wir könnten uns gelegentlich heimlich treffen. Du und ich. Ich komme zu euch. Komm du nicht mehr zu mir.

Ich bin tatsächlich gekränkt und will nichts mehr sagen.

Mir tat das warme weiche Kind auf meinem Schoß unendlich wohl, ich schlief fast in Seligkeit, und Heidi schien mir das übelzunehmen. Fast zerrte sie es aus meinem Arm: So etwas mußt du dir schon selbst besorgen! Sie trug es aus dem Raum. Wie im Kino sitze ich hier, selig gefesselt von den Bildern und der Handlung. Mitten in der Szene in einer scheußlichen Rolle – als eine Art Tante und Spektator zugleich. Auch Voyeur, wie Ossi.

Als Heidi wiederkommt, plappert sie los, weil sie glaubt, daß ich sie kritisiere.

Man muß verheiratet sein, um sich im Leben orientieren zu können. Die Kinder sind nette Spielzeuge und Anker, die man auslegt – aber im Alltag fesseln sie dich und entnerven dich, solange sie klein sind, sie kosten Geld und Mühe, und ich weiß, daß sie heutzutage auch keine Altersversorgung mehr sind. Es ist alles ganz anders geworden. Ich denke an meine Mutter wie an eine Fremde und fühle keine Verantwortung. Und ich erwarte mir das auch nicht von meinen Kindern. Aber hier zu Haus sind sie nur Zierstücke oder Pflegeobjekte, der Reiz eines Kindes, eines Mannes, ich selbst, wenn ich mich selbst spüre, betaste, anblicke, all das ist nicht unerschöpflich. Ich möchte genießen, genießen und gesättigt sterben. Mein Mann honoriert mir die Kinder, und mit dem, was ich dann ausgeben kann, honoriere ich meinen Genuß. Weißt du noch, wie wir davon träumten, Liebhaber auszuwählen und bezahlen zu können, wie die alten Zarinnen? Katharina die Zweite zum Beispiel. Jeden Abend einen von den schönsten Offizieren. Am Morgen bekam er eine Sinekure, und sie konnte später auf die besten noch zurückgreifen.

Es ist das Altern, der Einzelne bleibt nicht derselbe. Ich nicht und du nicht. Deshalb ist die Ehe nicht nur für den Staat und für die Katz. Gemeinsam altern. Der Staat ist ein System. Die Versicherungen sind ein System. Das hält. Da zahlt mein Heini ein, da sichert er uns.

Und du, fragt sie mich.

Hör zu, Heidi, ganz geheim und ganz für mich allein glaube ich an alles, was sich so in mir denkt. Daran, daß alles fließt und mit mir fließt; ohne mir zu gehören, mir gehört. Daß alles sein kann und sein soll, ohne begriffen zu werden, ohne begriffen zu sein. Die Gesellschaft, die ich dabei habe, sind all die anderen Geschöpfe. Es sollen auch solche dabei sein, die aus mir kommen. die ich in mir eine Weile getragen habe. Der Nachwuchs! Mir gehören? Heidi, du gehörst mir!

Ich fange an zu heulen, und Heidi sagt: Ich wußte nicht, daß du gar nichts verträgst. Es ist nicht mehr viel in der Flasche, sage ich. Ich bin immer fröhlich, wenn ich weine. Ich habe diesen aufgeweichten Zustand recht gern. Ich ermahne mich und presse mit Gestöhn die Beine zusammen. Heidi lacht.

Heidi in New York war für mich ganz unwirklich, so wie ich mir selbst ganz unwirklich vorkam und diese ganze Stadt, wie ein Fortsetzungsfilm, der Folge für Folge von mir aufgenommen wird. Lauter Fetzen von Existenz.

Möchtest du in einem Hochhaus wohnen, wie wir? Nein, eben nicht, sagt Heidi. Wir haben ohnehin alle keinen Boden mehr unter den Füßen.

Was du Boden nennst, ist nichts als

Gewohnheit. Heidi, komm bald zu uns und bring Seraphina mit.

Witsch tauchte bei uns auf, Witsch der Belastete. Er besaß eine grundsatzlose Tücke und Vergnügungssucht, nahm, was sich und wo sich etwas bot. Er kam mit einem halbwüchsigen Knaben, der wie von Murillo gemalt aussah. Er hatte den Rücken frei, das heißt mit Leukoplast verklebt. Große dunkle Augen, böse, oh Gott! Ans Herz rührend. Ich wehrte mich gegen eine warme Welle. Es wäre falsch gewesen, das wütende Kind zu küssen. Ich haßte Witsch. Auf jeden Fall und immer haßte ich ihn. Ich wußte sofort: Irgendwo, in irgendeiner Orgie haben sie das Kind verprügelt, und jetzt sollten wir es pflegen.

Ich halte nichts vom Mitleid, man fühlt die Schmerzen des anderen, als ob es die eigenen wären, man nimmt sie ihm ab und kauft sich damit beim lieben Gott ein, bietet IHM das eigene zerrissene Herz. Die empfindungslosen Menschen haben am meisten Mitleid. Oder sehe ich das falsch? Wenn ich selbst leide, habe ich kein Mitleid. Also geht es mir augenblicklich eben gut, weil mir das verprügelte Kind so entsetzlich leid tut. Ich bin mir da stets selbst verdächtig.

Was haben sie mit dir gemacht, Kleiner? Das fragt ihn Adam.

Er sagt es nicht gleich, läßt es sich erst allmählich von Adam herausziehen.

Sie spielten ein Stück auf einer kleinen Bühne. Eine Folterszene – so ein Maquis-Stück über die Resistance –, es wurden auch kleine Mädchen gefoltert, um Väter zu reizen, damit sie etwas sagen. Er log nicht. Die Schauderszenen aus dem Maquis waren als »Stoff« literarische Mode, und besonders das Theater gab sich dankbar damit ab. Katharsis? In privaten Zirkeln uferte das aus. Katharsis! Wenn ich das schon höre! Ich habe schon zuviel von Viktors Weisheit verstanden, daß ich meine Lust, diese Wunden zu lecken, mißverstanden hätte. Ich hätte gerne eigenhändig den Schorf von den Striemen gekratzt und den kleinen Tonio dort geküßt, wo bei Siegfried das Lindenblatt lag. Wenn ich nur seine bösen, seine wilden Augen küssen dürfte, aber er saß auf Adams väterlichem Knie, und Adams Augen blickten fremd. Ich war nicht für ihn vorhanden. Er krampfte seine kräftigen Finger in den dünnen Körper, um nicht abzurutschen damit. Schwein, dachte ich. Tier! Wie leicht sich das sagt, und gerne wäre man das selber! Aber ich bin ein Weibsbild! Nur! Ein Weibsbild, das weich wird bei einer so kleinen Ausgabe eines künftigen Mannes.

Und wenn es so ist? Meine gefräßigen Lippen mit Lammblut salben?

Ein Trieb wie jeder andere. Meine Zungenspitze spielt. Mit einem Mal ist alles anders, weil Ossi eintritt. Seine Blicke auf den Kleinen ertrug ich nicht, aber nicht auf ihn schlug ich los, sondern auf Witsch.

Was ist denn los? Man wird doch noch! So ein kleiner Spaghettifresser weniger, er wird schon nicht eingehen. Humanität ausgebrochen?

Die Anrufung der Humanität ist für mich fast so arg wie die Anrufung Gottes und der Heiligen. Im Namen Gottes, im Namen von Idealen wird am meisten gelogen und gemetzelt. Jeder weiß das. Genötigt! Mißbraucht! Kannst du dir nichts verkneifen? Ich fuhr Witsch an. Dieses reizende, dieses unschuldige . . . Na!? Adam zweifelte an der Möglichkeit von Unschuld, und da ereignete sich, daß ich zum erstenmal so etwas wie Schuld fühlte. Schuld am Blut dieses Fremdlings. Was für eine pathetische Empfindung!

Was ist das für ein Verlangen, das als Zärtlichkeit auftritt und damit dem andern Böses antut!

Witsch verstand mich nicht, er bockte herum, als hätte man ihn beim Ladendiebstahl ertappt. Ich sagte: Laß das Kind da und verschwinde! Und komm nie wieder! Adam trug den kleinen Italiener ins Nebenzimmer. Kein Zweifel, daß er aus den Slums war. Ossi redete sanft auf Witsch ein: Du hast uns vor den Nazis geholfen, wir haben dir alles Geld gegeben, was möglich war. Wir sind dir zu nichts verpflichtet – wir wollen dich hier nicht mehr sehen. Wohin gehört das Kind? Witsch wußte es nicht und ging beleidigt weg.

Ich halte mich für einen glücklichen Menschen, der genau weiß, was er tut und will, und empfinde das Unglück anderer als Affront – eine Gemeinheit auch gegen mich. Ein armer Junge – und sie haben seine Schutzlosigkeit für ihre Lust mißbraucht.

Ossi sagt, ich koche eine kräftige Suppe für den Boy.

Adam sagt, es ist leicht zu leben, wenn man die Augen geschlossen hält.

Ich muß an Viktor denken und frage: Viktor war schon in den USA, als wir uns im Jagdhaus trafen! Nein, sagt Ossi, er war im Saustall, im leeren Saustall versteckt, wie ich einige Monate vor ihm. Witsch wartete nur kurze Zeit ab, uns in einen Transport zu schmuggeln, den er befehligte. So ließ er jeden von uns und auch noch andere frei und sorgte dabei für seine eigene Zukunft.

Ich bin ganz aufgeweicht und sage zu Adam in der Nacht, weil er unruhig ist und keine richtige Nähe aufkommt: Ich mag keine desinteressierte Vögelei, nichts Gewohnheitsmäßiges, Uninspiriertes, keine lustlose Lust. Du bist mit deinem Kopf hier und jetzt bei Esther.

Ich warf mich mit Angst und Hitze auf Adam – er war ein Hort, und ich umschlang ihn, ich preßte meine Brüste an seine Lippen, bis es weh tat. Ich glaube, daß Viktor auch an dich denkt, ich finde das aber nicht gut, weil Viktor es ist, der mehr Angst vor dem Leben hat als wir – einer Liebe ist der nicht gewachsen. Er legte die Hand auf meine Möse. Das war beruhigend: die Berührung, die Nähe.

Adam, wenn du Esther siehst, wenn du zu Esther gehst, gerate ich aus dem Weltall. Aber ich brauche Viktor! Viktor hält die Menschen in Abstand, um sich und sie kennenzulernen.

Er hat Angst vor dir und ist voll Mißtrauen.

Auch vor dir?

Auch vor mir! Ihm gefällt es, jede Regung ab ovo aus uns herauszufragen. Er lernt sich an seinen Patienten kennen.

Kannst du sagen, was du im Augenblick denkst?

Ich denke nicht. Ich will etwas: Viktor aufknöpfen.

Das ist gefährlich.

Ich weiß, was du meinst, Adam.

Wir lagen erregt und reglos nebeneinander.

Du meinst, daß wir freier sind als er?

Dann schlag mich, Adam! Ich werde verrückt bei dem Gedanken, du könntest es tun. Tu es jetzt! Für den Knaben! Ich möchte es, Adam.

Ich habe nicht gewagt, seine Wunden zu küssen.

Ich biß in Adams Schultern, bis er aufschrie. Dann leckte ich das Blut. Komm nur herein, sagte Adam zu dem Boy, der seinen Kopf durch die Tür schiebt. Komm nur herein!

Tonio tritt in seinem kurzen Hemd näher und sieht uns an. Adam lacht, und ich weine. Der Junge hockt sich im Bett zu unseren Füßen und stinkt fürchterlich nach dem Perubalsam, mit dem ich ihn gesalbt habe.

Ich rieche das gern, sagt Adam.

Pervers, sage ich. Ich lache, ich muß lachen, weil ich glücklich bin. Die Hagerkeit des Jungen taste ich mit meinen Sohlen.

15. Kapitel

So, wie ich plötzlich zu Heidi gegangen war, suchte ich eines Tages Viktor auf. Ich mußte es tun. Was da in mir tobte, mußte gelebt und begriffen werden. Ich nahm ein Taxi – die rasende Ungeduld kulminierte wieder einmal. Der schwarze Fahrer fuhr ungern zur angegebenen Adresse. Er musterte mich: Ich war elegant und hatte ein schickes Hütchen auf.

Wissen Sie, wohin Sie fahren? Dreckige Juden wohnen dort, armseliges Volk, Puertoricaner, Italiener, nichts Gutes, Miss!

In einem verwahrlosten großen Haus betrat ich die Stiegen. Armselig. Ich dachte mir: Wie denkt einer, der hier aufwächst, was erinnert ihn an Kinderglück? Ich bin dankbar, wenn ich ein Stämmchen oder ein grünes Blättchen sehe. Wie erhielt man hier seine sentimentalen Träume? Gottseidank, der Himmel war blau, und hier war Platz für den Himmel. Er beschirmte ein Abfalldepot. Ich stand vor einer vergitterten, mit brauner Ölfarbe dick bestrichenen Eingangstür. Ich war sehr aufgeregt. Wie oft war ich an Viktors Tür gestanden, vergeblich und verzweifelt, als Hitler einmarschierte und Viktor nicht mehr zu Hause war. Jetzt öffnete eine Puertoricanerin, wie bei Heidi. Wieder sah sie aufreizend armselig und aggressiv aus. Und schön. Große dunkle Augen, aber mit Falten drum herum, und ein Mund, der sich über große weiße Zähne spannte. Eine knochige, aber weiblich herausfordernde Härte. Wenn sie ausdruckslos, mit gepreßten Lippen vor sich hinschaute, sah sie wie eine Heilige aus – eine strenge Nonne. Aber sie lachte über mein Bemühen, salopp auf englisch nach dem Doc zu fragen.

Viktor erscheint bereits in der Tür, mit Hosenträgern und in Hemdsärmeln, betont leger, ein Mann, ein Herr, ein Vater.

Hier, zwischen Tür und Angel mit dem Wiedergefundenen, sehr verlegenen Viktor, sage ich, ganz ohne zu denken: So ein Psychiater schafft ganz gemein erst die Hemmungen, die zu lösen er dann antritt.

Wir reden langsam, mustern uns feindselig.

Du hast keine Hemmungen.

Ich habe sie.

Er scheucht die Frau ziemlich rüde weg.

Eine Handbewegung, zu der ich nicht fähig bin.

Deine Freundin, Viktor?

Viktor sagt: Ich tue Unrecht, um Unrecht zu ertragen. Nenn es Rache. Sie heißt Arabella. Sie versteht mich. Sie weiß, daß ich verbittert bin.

Couch, Schreibtisch, ein venezianischer Spiegel an der Wand. In der Ecke eine eiserne Kassa. Lauter alte Stücke. Da sind die Krankengeschichten drin: keine besonderen Schätze.

Du hast zu tun? Viel zu tun?

Wir sind in Mode. Brauchst du Geld?

Wir reden, als hätten wir einander nie aus den Augen verloren.

Haben wir auch nicht.

Ich zittere. Aber nicht vor Verlangen. Diese köstliche Nervosität, die mich sehr selten befällt und die keine Beruhigung sucht. Ich stehe dort, wo mir Rätsel aufgegeben sind, und ich kann es nicht nennen. Ich kratze an der zerknitterten Tapete.

Ich weiß erst seit kurzem, daß du Adam

schon lange kennst. Du warst es, der ihn sozusagen auf mich angesetzt hat.

Er war mein erster Analysand.

Warum diese Geheimniskrämerei?

Während der Analyse ist eine private Freundschaft nicht möglich, das weißt du, und Hitler machte unsere Bindung noch schwieriger. Adam, du und alle ... ihr seid ja doch Antisemiten.

Sei doch nicht albern. Sturmbandführer Witsch hat dir aus dem Hitlerreich hinausgeholfen.

Und ich habe ihn von seiner Impotenz befreit. Leistung gegen Leistung. Witsch hat eine Pianistin aus Hitlers Gefolge geheiratet, die bei den Lebensborn-Orgien aufspielte. Und sie war eine von Adams Geliebten.

Ich überlegte eine Weile und sagte: Na und?

Nicht anstreifen am Verbrechen: das ist »und«. Jetzt unter diesen armen Teufeln habe ich es leicht. Ich heile Ängste und ziehe gelegentlich auch einem Drop-Out einen Zahn.

Viktor sieht unmöglich aus. Kahl, schmal, bauchig, schlaksig, wie eigentlich immer schon, obwohl er zuzeiten fetter war. Ich suche mit den Augen seine schönen Hände mit den knöchernen Fingern, gotische Finger. Lange dünne Finger. In mich schießt ein Gefühl der Wärme, wie beim Anblick des kleinen geschundenen Tonio mit den bösen Augen. Viktor hat herrliche Augen, blau, und große Pupillen, die er auf mich richtet. Ich steh im Hellen, mit dem Rücken zum Fenster, dahinter der Misthaufen der Straße, die zu Ende ist. Hier ist der Ankerplatz für mich. Aber Viktor weist mich ab.

Wir können abends essen gehen. Ich bin in einem Club. Mediziner – es wird dir gefallen.

Ich bringe nicht fertig, ihm zu sagen: Laß mich hierbleiben, schick diese Frau weg mit ihren Nüstern, den Falten und dem verpreßten Mund. Ich bin erledigt, mundtot, befangen, todunglücklich und zerstört. Mißhandelt gehe ich an der Frau vorbei, die mir verbittert vorkommt. Wie ist das möglich, da sie doch bei Viktor wohnt? Ihm dienen darf?

Der Club ist ein kostspieliges Dachrestaurant. Viktor hängt mit schlaffem Bauch in seinem Maßanzug, der teuer ist, und sieht gewollt unmöglich aus, weil er mit seiner Haltung eine Gleichgültigkeit ausdrückt, die ihn mir sehr zweideutig erscheinen läßt. Ich spüre, wie sehr er mich treffen und kränken will. Warum kränkt mich das?

Ich schieße los: Du lebst mit dieser Frau!

Ja, sagt er, sicherlich, was dagegen?

Sie ist ein Drop-Out!

Du bist ein Drop-Out!

Vor allem bist du ein Drop-Out!

Wir lachen. Dann beginne ich zu weinen: Dein Sigmund Freud war auch ein solcher. Er verbot seiner Frau die Freundschaft mit einer Geschiedenen. Er war prüde.

Wir sitzen unter ungeheuren Blattpflanzen und werden von ungeheuren Reklamescheinwerfern nicht nur bunt, sondern auch intermittierend bestrahlt – es zuckt über unsere Gesichter. Ich weiche aus, lehne mich mit der Stirn an seine Schulter. Er macht sich steif, richtet sich auf, drückt Befremden aus.

Ich wimmere. Ich schrumpfe zusammen. Er sieht kalt über mich hinweg und bestellt etwas zu trinken.

Er ist Klagemauer und Grabstein, schweigt, als hätten wir eine Sitzung in seiner Ordination.

Du bist ein Monstrum.

Nein, du bist eines.

Was jetzt?

Ich will nicht, daß du dramatisierst.

Sie machen es in den Krankenhäusern so, in den psychiatrischen Anstalten. Sie spitzen die Zustände zu. Das ist eine Art Pionierarbeit. Sie ändern die Therapien.

Ich schlage meinen reinseidenen Rock zurück. Ich habe Plateauschuhe an und Nylonstrümpfe. Der Rock hat ein schottisches Muster. Nylonstrümpfe sind ein Traum – von Adam geschenkt. Eine schottische Kostümjacke und sonst nichts darunter. Ich knöpfe alle Knöpfe auf. Viktor lacht. Es ist nicht gut, daß er lacht. Siena ist ganz und gar vorbei. Ich glaube es nicht, sage ich. Ich glaube das nicht. Nein.

Viktor schweigt, schweigt, schweigt.

Diese Herausforderung nehme ich nicht an, sage ich. Ich will jetzt etwas essen. Ich winke dem Kellner.

Es gibt Hühnchen auf jüdische Art, mit Knoblauch und Honig. Ja, sage ich. Zweimal. Diese raffinierte Methode, den Partner durch Schweigen zur Raserei zu bringen!

Der Kellner bringt das Essen und empfiehlt Getränke. Wir essen und trinken. Ich überlasse mich einer Art Trance. Ich denke:

Ist er nicht doch eher häßlich? Was gefällt mir? Was fasziniert mich?

Wir waren im Umkreis allein. Hinter dem Eukalyptus kosten zwei. Der Mann grub mit seiner Hand zwischen den Beinen der Frau, und ihr hing der Kopf hinten über. Ihre Augen schielten auf ihre Nase. Irgendeine Uniform trug er.

Adam brauchte niemanden, aber alle hielten sich an ihm fest.

Wozu braucht er dich?

Er fühlt sich nicht wohl, und ich weiß nicht, warum. Er bezahlt. Woher nimmt er das Geld?

Das sagt er mir auch nicht. Er sagt: Geschäfte. Auch Geschäftsmänner brauchen einen Psychiater. Warum nicht? Sie sind aber alle keine Muster mehr. Es gilt alles nichts. Aber es funktioniert wieder.

Dann geht er doch mit mir in ein Luxushotel, und ich küsse seine gotischen Satansfinger und deliriere von Hermine im Séparée des Kaffeehauses am Kirchenplatz vor zwanzig Jahren. Viktors Teufelsnase zwischen ihren großen weißen Brüsten. Die große sanfte weiche Hermine, das Polster, die Watte, in der seine Gier versank. Und jetzt hast du die dürre harte Puertoricanerin, eine Paria, eine Mestizin, die von dir abhängig ist.

Heul nicht.

Bist du ein Arzt oder romantisch?

Ich riß an den Knöpfen seiner Hose, schlüpfte aus den Schuhen und trat ihn zart mit meinen Füßen.

Viktor schlug mich. Therapeutisch schlug er auf mich ein. Ich rutschte vor Glück in mich zusammen.

Wieder, wie in Siena, lagen wir in einem Hotelzimmer, und wieder hatten wir einen weiten Blick. Einen sehr weiten, einen zu weiten Blick – in den amerikanischen Himmel, und der war bunt.

Du bist blaß wie alle Sterne, Viktor!

Nackt und reglos lagen wir im Verzicht. Es wurde nichts daraus. Er war geil, sein hübscher, klassischer Penis, als ich ihn zärtlich in die Hand nahm. Aber Viktor schweifte ab mit seinem Blick und lähmte mich: als ob ihn das überhaupt nicht interessiere. Ich wollte mehr, aber ich bekam es nicht.

Keusch und brav kehre ich am nächsten Morgen in die Wohnung zurück. Viktor hat mich zu einem Taxi gebracht. Geläutert denke ich Klischees, die ich schon überwunden glaubte. Ich finde nur den verdrossenen Blondling Richard nackt auf dem Teppich und Jenö mit seiner kohlschwarzen Haarkappe und dem Zigeunergesicht bei Ossi in der Küche. Beide sind nackt und kochen Kaffee. Ich habe das Gefühl, mich in einem Zoo zu befinden. Sie sagen, daß Adam Tonio zu Esther bringt. Ich fühle mich hundeelend.

Man spielt nicht mit dem Sex! Das gab Viktor heute Nacht als Weisheit von sich. Was denn, du Gesundbeter! Er hat mich krank gemacht. Ossi beginnt, Fleischtascherln, heißen Kreplach auf jüdisch, in der Küche zu bereiten. Er hat ein Geschirrtuch vorgebunden.

So mache ich mich denn zu Esther auf. Adams Geld will ich nicht verschwenden. Ich will selbständig sein und mich mit den Verkehrsmitteln auskennen. Versuche es. Habe Angst im Bus. Alle Rassen, alle Farben, und alle mißtrauisch. Da soll Viktor helfen und helfen. Warum ein jeder das und das denkt, und wieso das alles, was da gedacht wird, Zündstoff ist und Gefahr. Ich fürchte mich vor den Spießern und Eindeutigen. Ich bin hier viel zu elegant und werde von oben bis unten gemustert. Ich bin daran nicht gewöhnt, Angst zu haben: denn auch Russen und Nazis waren als Bösewichter abschätzbar – ich kann mit Brutalität umgehen. Hier aber sind Gejagte. Und keiner will für mich die Verantwortung übernehmen. Zu Hause geht man legitim zugrunde! Oder was? Ich bin geflohen, ich fliehe weiter und steige doch in ein Taxi um. Viktor will mich nicht beschützen. Adam hat auch noch Esther, er hat überhaupt Esther, ganz offiziell. Esthers Adresse auf einem Zettel halte ich krampfhaft in der Hand. Der Taxidriver hat ein großes Hollywoodwesterngesicht. Eine Rothaut, dunkel wie Winnetou. Ich habe nicht den Mut, in ihm den Mann zu sehen. Ich kämpfe gegen die infantile Vorstellung, es mit einem Tier zu tun zu haben. Adlernase und fliehendes Kinn sind für keine Rasse schön. Ich fürchte mich immer mehr. Er bleibt stehen, ich solle aussteigen, sagt er und behält meine Tasche in der Hand. Ich steige aus und wehre mich nicht, wenigstens an der richtigen Adresse sind wir stehengeblieben.

Adam ist nicht da, er geht seinen Geschäften nach, aber er hat Tonio schon gebracht. Wie? frage ich blöde, und sie sagt: Ich weiß auch nicht, wo Adam ist. Börsengeschäfte –

es hat auch mit Demonstrationen wegen der Bombe zu tun. Ach, sage ich angewidert. Steigen und fallen die Kurse mit Pro und Kontra?

Esther zuckt mit der Schulter – es ist langweilig, vielleicht, aber lukrativ. Man braucht vor allem Geld, sagte mir mein Vater. Adam macht es. Adam hat dich lieb.

Was auch immer das heißen soll.

Ich schluchze und schluchze. Sie führt mich in das kleine Palais voll Lieblichkeit. Säulen und Terrasse. Nicht einmal meine Großmutter hatte so viele Kissen aus Brokat und Gobelin. Ich zwinkere, weil ich es nicht glaube: eine Art »Berliner Salon« mit Balkendecke und Flügel. Gediegen europäisch. Dort darf ich auf einem Sofa liegen und Esthers Hände halten. Ich halte diese langen muskulösen Finger mit lackierten Nägeln vor meine nassen Augen und bin entzückt. Ich küsse jeden Finger extra und weine. Ich weine einfach, und das wundert Esther gar nicht. Ich falle über Esther her. Überallhin möchte ich sie küssen. Sie lacht, schüttelt mich ab und geht ins Nebenzimmer. Sie kommt wieder mit einem kleinen Fläschchen und spritzt ein Parfum über uns und schnuppert genüßlich. Sie hat herrliche kräftige Nüstern. Es riecht nach Opium, süß und schwer. Tonio steckt drei Zigaretten an und jedem von uns eine davon zwischen die Lippen. Ich atme tief ein und versuche, mich zu vergessen. Ich will nichts mehr wissen, lege meinen Mund an Esthers duftenden Hals und blicke in das Tal zwischen ihren Brüsten, führe den Zeigefinger zu ihrem Nabel und lasse ihn dort kreisen. Es ist das Kuscheln, das mich beruhigt. Ich schlafe ein und wache erst auf, als Adam mich an meinen Ohrläppchen zupft. Adam lacht schallend, ein bißchen übertrieben, wie er da lacht. So what, sagt er. Ich gleite auf den Teppich und rutsche zu dem Knaben. Er spielt ein Brettspiel mit sich und würfelt. Ich konzentriere mich auf das Brett. Er kniet vor der Spielvorlage und läßt die Wirbelsäule durchhängen. Die göttliche Kontur seines feinen Körpers macht mich total sentimental. Ich gehe in das Nebenzimmer. Esther hat ein Studio, eine Praxis als Psychologin, Bücherwände, einen Schreibtisch mit Manuskripten, sie schreibt wissenschaftliche Aufsätze, liest Freud und Reich. Ich tue das auch, aber ohne Konsequenz und System. Hier fasse ich Vorsätze, während Esther und Adam fast automatisch ihre Körper aneinander still stellen. Sie sitzen dicht beisammen und haben mich nicht mehr nötig. Ich glaube plötzlich Viktor wieder zu gewinnen: Es gilt, die Qual des Verzichts festzuhalten, und Esther streckt ihre schönen Arme nach oben und läßt sie in die Gelenke sinken. Ich spüre das in ihren Schulterblättern, ihr Schultergelenk im Ballast ihrer Arme, dunkle fette Haut auf der hellen Schafwolle des Wandbehanges. Auf dem Flügel liegen Papier und Stift. Ich beginne zitternd, Linien zu ziehen. Ich zeichne Esther.

Heillos fremd am hellen Nachmittag in der fremden Umgebung. Esthers Vater, nur er kann es sein, betritt im leinenen Hemd die Wohnung wie eine Bühne, ein schwarzer Pfarrherr, weißbärtig und doch fest im Fleisch. Charisma, das mir bereits bei Adam auf die Nerven geht. Einen schlauen Sektenführer nennt ihn Adam, eine Art Gottvater.

Ich laufe auf die Straße, ich ertrage diese beiden Vaterfiguren in ihrer Inszenierung nicht mehr. Aber auch auf der leeren Straße fürchte ich mich. Adam kommt mir nach: Warte auf mich, ich begleite dich nach Hause. Nach Hause! Schon wieder kommen mir die

Tränen, und ich muß schleunigst meine Reaktion analysieren.

Diese verchromte rosa Lokomotive gehört wohl dem Nigger? Ich bin böse, sehr böse. Adam packt mein Handgelenk, so fest, daß ich sofort demütig innerlich in die Knie gehe.

16. Kapitel

Jenö und Ossi bereiten ein Wiener Weihnachtsessen, und der nunmehr 16jährige Tonio spielt den Küchenburschen. Sie panieren einen Karpfen, machen Erdäpfelsalat und backen Vanillekipferln und Nußstangerln. Ich gehe ruhelos durch die Räume und frage mich, was mich verwirrt. Adam hatte Tonios Angaben nie geglaubt. Sechzehn Jahre alt war er damals sicherlich nicht gewesen. Adam hatte ihn für zwölf gehalten. Ein Kind noch, sicherlich. Zartgliedrig, fein, behend, ein Äffchen, ein junger Hund – seine alten Augen sahen mir durch die Haut ins leere Innere. Ich nahm ihn auf, atmete ihn ein, mit seinem ganzen spröden Knabenkörper, mit dem schmalen Rücken, der eine Prägung sichtbar machte, die mich schaudern ließ. Sollte ich, sollten die anderen Tonio – und wovor – beschützen? Was galten Gebot und Sitte? Und wem und wo? Er blieb oft tagelang fern. Zum ersten Mal schien es mir notwendig, über Werte nachzudenken, die anders als nach Wunsch und Bedürftigkeit ausgerichtet waren, über einen Nutzen. Aber einen Nutzen höherer Art, wie ihn die Kirchen anboten. Tonios blanke und flinke Glieder, das wendige Becken, die flache Höhle des Bauches weckten das zärtliche Verlangen, ihn mit keuschen Küssen zu bedecken und das harte Ärschlein in Seifenwasser zart zu bürsten. Aber der Schwanz war nicht klein und stellte sich steil ab von seinen allerappetitlichsten Eiern. Ich wollte ihn streicheln und liebkosen, aber ich wagte es nicht. Er war hellwach, aufmerksam und redete frech von meinem Schamhaar, das er beim Duschen erspähte, und er scherzte von einem Mützchen, das ich ihm daraus häkeln sollte. Zum ersten Mal in meinem Leben fühlte ich mich gehemmt und äußerte mich pädagogisch abweisend. Ich schlug ihm empört auf die Backe, bei seinen fordernden Blicken schloß ich die Augen. Ich konnte weder erziehen noch lehren, weder kochen noch stricken, noch sonst etwas tun, ohne bis in die Fingerspitzen geladen zu sein, ich stand unter Strom. Ich nähte Lederhandschuhe für Richard und Jenö, die in ein paar Wochen zum Schifahren reisten. Ich prüfte das Leder mit den Fingerspitzen und strich mit der Handfläche über den Pelz. Ich zeigte Tonio das wunderbare Material und wie man es zuschnitt. Ich lehrte ihn das Zeichnen der Schablonen auf die Innenflächen. Er lernte auch Zuschneiden und Nähen und war sehr geschickt. Die fertigen großen Handschuhe zog er über und klatschte mir damit auf Busen und Bauch. Ich wehrte ihn empört ab, und er verstand es nicht. Nein, schrie ich, laut, nicht ehe du sechzehn bis. Wieso? fragte er: Warum? Stolz zeigte er mir, wie er mit sich umgehen konnte und onanierte. Nein, sagte ich traurig und wußte nicht warum.

Ich hatte nun tatsächlich nachzudenken. Über meine und Tonios Unschuld und über das Feindesland, in dem wir uns damit befanden. Ich putzte das Sperma weg und war traurig. Ich hatte versagt wie eine alternde Gouvernante. Nur, daß ich nicht gesagt habe: Das gehört sich nicht! Ich mußte an die Sitten im alten Indien denken, wo die Kindermädchen mit den Knaben die Erektion übten, wo die Mütter ihren Söhnen die Schwänze aufstellten.

Man mußte einfach mehr über andere Völker, über Sitten und Gebräuche und über die

Ursprünge der menschlichen Empfindungen erfahren.

Ich regte Jenö zu einer Fotosafari an. Wir nahmen Tonio im Frühling in eine Indianerreservation mit. Ossi sagte, die Indianer lassen sich nicht gerne fotografieren, aber ich sagte: Von mir schon! So war es dann auch.

Ich wunderte mich, daß die lange Autofahrt und das Zusammensein mit Jenö und Tonio so friedlich verliefen. Jeder Mensch ist mindestens bisexuell, verkündete Ossi fröhlich. Das ist der Ausspruch einer Wiener Philantropin, die aus Czernowitz stammte und die erste Volksküche aufstellte: eine große Frau. Sie förderte Talente und führte einen literarischen Salon. Wie herrlich altmodisch, sagte ich. Das wäre ein Programm, um mit Stil zu altern, ich bin zu spät auf die Welt gekommen. Jenö und Adam haben noch ein bißchen von dieser Aura und dieser Allüre. Was hätten die nicht alles mit dem wissenden Charme von Tonio anzufangen gewußt, seinen Sex verklärt, stilisiert. Ein wenig tat das auch Jenö. Er verkaufte unsere Fotos an exklusive Journale und besorgte uns damit Geld. Jetzt entdeckte er androgyne Züge an mir: Du könntest Hosen tragen und wie Marlene Dietrich aussehen. Ich sah mir allerdings auf den Fotos, die er machte, kaum ähnlich, aber es brachte gutes Honorar.

Es wurde zu einer Beschäftigung, die einem Beruf glich. Zuerst eine bebilderte Reportage über Indianer, dann von mir in Männerkleidung in einer Zeitschrift für die amerikanische Frau.

Adam und Viktor aber wurden mir immer mehr zum Problem. Ich wurde immer eifersüchtiger auf die Puertoricanerin und auf Esther. Du hast keine Linie, sagte Ossi. Auch Jenö fühlte sich dabei nicht wohl: Richard ist so gelangweilt, so fadisiert. Ist er denn überhaupt potent? Ich: Es macht ihm kein Vergnügen. Es gibt solche Leute.

Ich könnte aus Richard eine gute Figur machen, er wäre ein gutes Fotomodell für eine exklusive Herrenzeitung, aber er hockt herum wie ein Hamlet, wie ein Ölfleck, wie aus Gummi. Jenö tänzelte um Richard herum und schenkte ihm einen Knickerbockeranzug. Seine Gesten zierten ihn, seine Manieriertheit, die er variierte, ohne verlogen zu sein; er freute sich hier sehr, hier, wo alle steif blieben. Außer den Schwarzen natürlich.

Ich ging mit Jenö ins Kino und in Lokale, weil Adam das mit mir nicht tat. Mit Adam war ich wie mit einem langjährigen Ehemann zusammen, im Vorbeigehen griff einer nach dem anderen zu einer automatischen Umarmung. Ich war böse, als Esther schwanger wurde. Ich fand es unfair, weil sie genauso alt wie ich war. Entsetzt gewahrte ich Vorurteile in mir. Pendelte ich mich etwa auf Ansichten und Eigenschaften, auf ein Normalverhalten ein, um eine bestimmte Art Mensch zu werden? Eine Matrone? Das durfte ich mir nicht durchgehen lassen. Ich bleibe hors concours. Wie geht das zu, daß man sich stilisiert und selbstverständlich bleibt?

Jenö gelang das, aber er präsentierte einen Typus, wie Adam, wie Viktor. Man könnte jeden auf eine Bühne stellen. Und ich! Und mich? Ich verlor den Reiz einer Frucht, in die man gerne hineinbeißt. Das sollte meinen Stolz nicht berühren. Das aber tat es.

Ich geriet in meine Sackgasse.

Panik!

Bei einem Kunsthändler, dem ich kleine Montagen mit Passepartout verkaufen wollte, traf ich Kurt Hollstein wieder. Ich hatte die Rahmen mit Ornamenten versehen, die der

Händler kitschig fand. Im Hause dieses Kunsthändlers traf man sich, und Intellektuelle hielten gelegentlich auch Vorträge, über die diskutiert wurde. Emigranten, deutsche Künstler, die vor Hitler geflohen waren.

Damals begann man sich existentialistisch zu verhalten, man erschuf und entwarf sich, wählte seinen eigenen Stil. Ich legte es mir so aus, daß ich die Macht, zu leiden und zu lieben hatte und weiterhin meinen Sex betreiben konnte wie eine Kunst.

Aber es stand mir nicht länger frei. Ich liebte und litt. Ich liebte Viktor und Adam und jetzt auch Tonio und mußte ihn vor sich selbst schützen. Was für eine Anmaßung!

Die schamlose Esther würde gebären! Wie kam ich dazu, darüber außer Rand und Band zu geraten? Diese alten eingespielten Raster der Eifersucht? Das Brennen des Verzichts?

17. Kapitel

War Kurt hier aufgetaucht, im richtigen Moment, für neue, gefühllose Inszenierungen der Lust? Lust lag mehr denn je zur Wahl. Niemand brauchte dazu eine verbindliche Weltanschauung. Nur Sinn für die Bühne. Und den hatte Kurt für die ihm eigene Regie. Meine Rolle? Gebraucht, aber unabhängig, begehrt und genossen wollte ich sein. Es war nur billig, daß Kurt mich dafür honorierte.

Adam gefiel das nicht. In einem Greenwich-Village Lokal begannen beide zu streiten. Unter den Freigeistern hier verkehrten auch viele Schwarze, und einer davon griff Kurt an. Er provozierte die Schwarzen durch großzügiges Freihalten von Suff und Fraß. Er ließ den Dollar springen, um die Menschen zu demütigen. Ich stand da sehr daneben, aber ich beneidete Kurt um seine kalte und gespannte Neugierde auf diese frechen Neger, die in Röckchen aus Stroh mit den Fransen spielend herumtanzten und ihn verhöhnten, indem sie vorgaben, naiv zu sein. Er genoß den Jazz, den professionellen Steptanz, sogar die Abwesenheit musikalischer Sensitivität genoß er. Ich war gequält, weil Tonio wie diese Neger war, mit seinem bewußten Charme, den er verkaufte. Ich wurde immer mehr zum halben, zum ganzen Neger und weniger als das, denn die hatten noch frischen Sex zu bieten. Ich fühlte mich auf die himmlische Liebe zurückgeworfen, denn ich war keine Speise, die ohne Appetit genossen werden wollte.

Nein, es blieb nur Kurt, der mir das Gefühl gab, ihm zu schmecken. Nur er blieb, der mich unter all diesen Männern wirklich begehrte. Mein Glück mußte im Verzicht liegen. Im Verzicht auf Tonio. Du lieber Himmel!

Ich wollte die Szene fotografieren, aber die Männer, weiß und schwarz, erlaubten es nicht. Kurt dachte nicht daran, sich zu mir zu bekennen. Er tat fremd. Er freute sich mit glühenden Augen und kalten Wangen, als man mich demütigte. Ich schlug um mich und hängte mich dem längsten Schwarzen um den Hals, schlang die Arme um ihn und stieß ein Knie in seine Eier. Loslassen, Mom!

und er schleuderte mich von sich. Das Mom saß.

Die wechselnde Beleuchtung, der Aufwand an Kunstblumen, mit versteckten Glühbirnen darin, versetzte mich in die unwirklichen Kirchen meiner Kindheit. In der wüsten Musik klang der Hohn von Zitaten aus Walzern und Verdi-Opern. Keine Gospels, keine Spirituals! Adam hieb Kurt die Faust aufs Kinn, Kurt zahlte zurück, und Adam taumelte mir nach. Ich schrie, das Volk johlte. Ein Kellner faßte Adam, und als ich zu ihm lief, gab mir Adam eine Ohrfeige. Ich spuckte ihn an. Das war nicht mehr ich selbst. Ich empfand Abscheu, was ich mir verbot. Wieso, vor wem, warum? Ich verzichtete darauf, es sagen zu wollen.

Alles dies wurde zu meiner letzten Liebesnacht mit Adam. Ich prügelte auf ihn ein, weil er es geschehen ließ, solange bis er den Spieß umdrehte und mich mit einem undifferenzierten Lustgebrüll verdrosch. Noch nie war ich so gierig nach Zärtlichkeit, nach zartem Gestreichel und saugend langsamen Küssen. Während der Schläge, die sehr weh taten, dachte ich an Tonio, an Tonios Lebensnot, und es schnürte mir die Kehle zu, daß ich je übermütig gewesen war.

Mit wem sollte ich darüber reden? Mit Heidi etwa, die wenig Verantwortung für ihre Kinder empfand? Was sollte ich mir für Tonio wünschen, wie sah das Glück aus, das ich mir für ihn wünschte? Wie sollte ich das Mißtrauen aus seinen lauernden Augen bringen? Heidi putzte einen Wiener Christbaum, strickte einen Pullover und trank mit dem Puertoricanermädchen Cola mit Rum. Ich saß mit einem Klumpen in der Kehle da und fand nicht mehr zu Heidi. Mit einem Mal war alles anders.

Ich rannte durch die Straßen hinter Tonio her. Bis dorthin, wo die armseligen Italiener in ihren Abbruchhäusern hausten. Sie lebten hier in den schlechtest möglichen Verhältnissen. Ich streute Münzen aus, und die Kinder verfolgten mich bedrohlich. Wäsche hing, wo immer sich die Möglichkeit dazu bot, diese Fetzen aufzuhängen, zwischen Fenstern, über Geländer und Gitter, die ramponiert waren und nichts mehr schützten oder bewachten, denn alles war kaputt, und selbst die Mauern hielten nicht mehr.

Hier war alles wirklich, wie Tonios Lachen, ein Hohn.

Hier stand die Wirklichkeit zur Wahl.

Ich habe gewußt, ich habe erlebt, daß man, am Ende angekommen, sich wieder herausschwindeln kann. Ich mußte also nicht zwischen Kurt und Tonio wählen, ich mußte nur eine Situation erleben, die das nicht mehr möglich macht. Es waren die abgetakelten Mütter hier, die nicht länger in Lokalen tanzen konnten. Es war keine soziale Frage.

Ein kleines Mädchen, ein armseliges kleines Mädchen spuckt hinter mir drein. Ich wende mich dem kleinen spuckenden Fratzen zu und habe Tränen in den Augen. Ich ärgere mich und brülle die Kleine an: Du irrst dich.

Tonio stößt mich weiter, er stößt mich in eine Wohnhöhle, hinter einer schräg in den Angeln hängenden Tür auf ein Sofa. Er setzt sich, sieht mich frech an und holt mit der Hand seinen Penis aus der Hose hervor, der mich wie eine kleine Skulptur ergreift, aber nicht erregt. Bald wird ein ganzer Mann an diesem Ding hängen, und es wird groß sein, das Häßliche gewachsen sein, er wird nichts wissen, wie er auch jetzt nichts weiß. Aber eines weiß er bereits jetzt, daß er sich nicht, aber mich in der Hand hat; ich möchte ihn um nichts gegen das kleine Mädchen tauschen, das ich immer noch bin. Er hat es außen, sein Geschlecht hängt an ihm, was ich innen habe, mit dem Wert der mich ausfüllt: mein Geheimnis! Ich möchte es verkünden, laut sagen, aber wie? Alle sehen nur, daß ich älter werde. Und weil sie es so sehen, werde ich es. Auch ich möchte Kurt bitten, mir einen Ozelot zu schenken und goldene Ringe, um mehr Gewicht für die Wahrnehmung der Mitmenschen zu haben. Aber ich will vor allem Geld für Tonio, für die Möglichkeit, soviel für ihn zu tun, daß er aus seiner armen Haut herauskann, aus Mißtrauen und Angst. Seine Augen blicken immer böse, auch wenn ich Gutes an ihm tue, wenn ich ihm Geld gebe.

Er verschwindet mit der kleinsten Summe in den Gassen, wo die Wäsche auch im Winter hängt und an den Seilen steif friert und zehn Sizilianer aufeinander in den kalten Kellern in den Wohnhöhlen liegen, um einander warm zu halten.

Ich brauche keinen Ozelot, um aufzufallen und etwas zu gelten bei Leuten, die ich nicht mag. Ich will Tonio und seine Liebe. Geld bringt ihn mir am nächsten. Er braucht mich, aber mehr als er mich braucht, brauche ich ihn; den Anblick seiner glatten Behendigkeit, seine spielenden Muskeln, seinen unverschämten Zugriff auf meine Brust. Meine Brüste senken sich, er fühlt sogar Mitleid. Er kauft sich bei mir ein mit Streicheln und Küssen, die mir keine Illusion mehr lassen. Er zuckt die Achseln. Schau mich an, sagt er und läuft nackt unter die Dusche.

Schmarotzen ist ein sehr häßliches Wort, finde ich. Ich bete ihn an, ich bin die Nutznießerin dieser Anbetung und bitte ihn laut um Verzeihung. Er begreift das sehr gut und möchte mehr dafür geben, als zu geben ist, und auch ich würde mehr dafür geben, mir zu geben gestatten.

Ich glaube nicht, daß er eine feststellbare Mutter hat – es ist schon lange nicht mehr wichtig, es zu wissen.

Richard, Adam, alle anderen finden nichts an ihm als seine banale Hübschheit. Seinen Charme nehme ich alleine wahr. Es macht mich froh und zerreißt mir das Herz.

Epilog

Durch Zufall weiß ich, wie Evas Geschichte weiterging. Sie war zunächst sehr überrascht, daß sie weiterhin all die Jahre noch unter Strom stand. Erfreut mußte sie wahrnehmen, daß Vorurteile und Erwartungsängste ein Alter einleiteten, das schließlich ausblieb. Während sie lustlos und resigniert mit Jenö und Ossi weiterarbeitete und Adam nur noch selten traf, wurde Hollstein krank. Nach einem Schlaganfall brauchte er Hilfe und Stützung. In großartiger Geste schenkte er ihr seine Sammlung moderner Bilder. Sie gingen nach ihrer Heirat nach Österreich zurück. Dort starb Hollstein bald, und Eva hatte ein reiches Erbe zu verwalten. Dieser Umstand gab ihr Mut und auch die Gelegenheit, Tonio an sich zu binden und sich begehrenswert zu fühlen.

Ich selbst war keine reiche Witwe. Ich verdiente mir als Schriftstellerin den Unterhalt auf freier Wildbahn und konnte mir nur in diesem Jahr eine Erholung in den Bergen leisten.

Ich glaube, daß hier die Luft frischer ist als irgendwo am Meer. Ich atme sie gerne. Man spürt ihn doch, den Sauerstoff, plaudere ich auf der Sonnenterrasse eines luxuriösen Hotels vor mich hin, lasse mir von einem smarten Angestellten den Liegestuhl, das Design eines durchdachten Wirbelsäulenbetts, in den Halbschatten stellen und schmiege wollüstig meine Skoliose in den sanften Widerstand. Wie die Sitz- und Liegestätten ist das ganze Haus auf Gebirgslandschaft zugeschnitten und in den Fels gepaßt.

Es stand in Tirol und erinnerte an Tibet und seine Klöster. Ich plapperte dahin, mir war nach dem Echo einer jungen Stimme zumute. Aber ihm war die Konversation lästig, das ahnte ich schon, redete aber boshaft weiter. Ich ertappe mich öfter bei solch kleinen Bosheiten, die ich mit einem Trinkgeld abgelte, und quäle mich selbst dabei. Ohne es böse zu meinen, bot er mir einen Kopfhörer an, aus dem die Stimme Harry

Belafontes klang. Er konnte nicht ahnen, was er mir damit antat, aber aus einem grauhaarigen Kopf neben mir kommt: Laß das, Henry, ich kenne die Dame! Man sollte es nicht glauben, aber nach einem Menschenalter ist es zweifellos deine Stimme. Du bist Dora, mit der ich auf einer Praterwiese vor einem Menschenalter Kartoffeln für die Wehrmachtskantine geschält habe! – Damals hattest du immer Angst um deinen Ehemann – gibt es ihn noch?

Nein. Er hat überlebt, aber nicht für mich. Es war nicht der Tod, der uns getrennt hat, sondern eine junge Frau. Das wirkte sich zunächst sehr schlecht auf mein Selbstgefühl aus. Ich habe eine Geschichte daraus gemacht.

Wir hielten den Mund, und die vergangenen Jahre lagen nicht zwischen uns. Wir waren einander nicht fremd, wir sind, wie eh und je, im Dienst, den wir uns zurechtgebogen haben.

Wir hatten in gewisser Weise dasselbe erlebt: die Anpassung an eine fremde Welt. Wir waren Witwen in einer Männerwelt, einem Bewußtsein verpflichtet, das man uns aufgezwungen hatte. In später Ungebundenheit erhielten wir nun auf Geröllhalden, in Stein und Fels, im Anblick der Gletscher unsere Frische zurück. Das Ewige Eis blendet vom nahen Horizont.

Eva lud mich ein, noch einige Monate mit ihr hier zu verbringen: Ich sterbe bald, ich möchte dir gern aus meinem Leben erzählen und dir einige Tagebücher schenken. Mach etwas daraus!

Eva bekam Besuch vom uralten Adam, den die Gondel heraufbrachte. Tonio, als promovierter Kunstgelehrter, bewohnte durch Wochen ein Zimmer in ihrem Appartment. Er führte ihre Geschäfte und sollte eines Tages die Sammlung übernehmen. Mein Pessimismus ertrug soviel Happy-End nicht ganz. Ich stellte die taktlose Frage: Hast du keine Angst vor dem Tod?

Ja, sagte sie, ich wollte schon als Kind nie schlafen gehen. Ich will noch immer nichts versäumen. Meine Vertrautheit mit Tonio ist weder durch Verzicht noch Dankbarsein getrübt. Das hat sich so selbstverständlich ergeben wie der Abendschein auf den Wipfeln hier in der Baumgrenze.

Es ist wie es ist: die reine Poesie.

Junge Stewards bedienen alte Gäste zur beiderseitigen Zufriedenheit.

Dorothea Zeemann